Christian Ritter
Geschlechtsverkehr: Eine Einführung

Impressum

1. Auflage Februar 2013

Umschlaggestaltung: [D] Ligo design + development
Titelbild: © Tomislav Konestabo – shutterstock.com
Lektorat: Miriam Spies
Satz: Fred Uhde (www.buch-satz-illustration.de)

ISBN: 978-3-942920-21-6

Hat Dir das Buch gefallen? Schreib uns Deine Meinung unter:
info@unsichtbar-verlag.de
Mehr Infos jederzeit im Web unter www.unsichtbar-verlag.de

Unsichtbar Verlag | Wellenburger Str. 1 | 86420 Diedorf

Christian Ritter

Geschlechtsverkehr: Eine Einführung

UNSICHTBAR
VERLAG

Inhalt

Der Sitter

Es ist Anfang September und zum ersten Mal in diesem Jahr läuft *Last Christmas* im Radio. Es ist Samstagnachmittag, fünfzehn Uhr, und ich entscheide, dass dies der perfekte Moment für den ersten Glühwein der Wintersaison ist. Da kein Glühwein im Haus ist, schütte ich zwei Flaschen Dornfelder in den Kochtopf und rufe meine Freunde Helme und Utze an, um sie zum besinnlichen Vorweihnachtstrinken einzuladen. Ich hinterlasse dramatische Nachrichten und Gesang auf ihren o2-Mobilboxen, die sich durch ihr einleitendes Glöckchenspiel das ganze Jahr lang nach besinnlichem Heiligabend anhören. In der Hoffnung auf ihr baldiges Erscheinen setze ich mir ein Elchgeweih auf den Kopf und fange schon mal alleine mit der Party an.

Fünf Schöpfkellen Glühwein später klingelt es endlich an der Tür. Mit wehendem Weihnachtsmannmantel, einer dampfenden Tasse und einem Zigarillo in den Händen eile ich zum Öffnen und – öffne.

Ein Paar um die Mitte vierzig in graugelben Jack-Wolfskin-Outdoor-Partnerlook-Jacken sieht mich entgeistert an.

»Ich sag doch, er ist ein bisschen exzentrisch«, flüstert sie ihm zu, vielleicht in dem Glauben, ich würde sie nicht hören, da das *Ave Maria* nicht gerade leise meine Wohnung beschallt.

»Ja bitte?«, sage ich.

Sie setzt den *Wir-kennen-uns*-Blick auf und sagt: »Na!«

»Aaah, Tante Karin, lang nicht gesehen. Komm doch rein mit deinem – Begleiter.«

»Ich sag doch, er interessiert sich nicht sonderlich für seine Mitmenschen«, flüstert sie meinem Onkel zu.

»Wir sind seit fünfzehn Jahren verheiratet«, sagt er.

»Pscht!«, weist sie ihn zurecht.

Augenscheinlich wollen sie was von mir, sonst wären sie weniger nett. Meine Kombinationsgabe verblüfft mich.

Dynamischen Schrittes marschieren die beiden in meine Wohnung ein.

»Hübsch«, sagt Tante Karin mit Blick auf die vier Teelichter, die ich auf dem Wohnzimmertisch auf einer Pizzaschachtel festgeklebt und angezündet habe. Sie wirft ihre Jacke aus dem Handgelenk heraus locker aufs Sofa und bedeutet ihrem Gatten, es ihr nachzutun. Sie sieht mich an.

Tante Karins Blick sagt: »Mir egal, ob die Jacken verknittern, ich bin heute betont locker … Außerdem sind es Jack Wolfskins, die verknittern nicht … Vielleicht bin ich gerade deshalb so betont locker, weil ich andererseits so vorausschauend handle!«

Und Tante Karins Mund sagt: »Ich freue mich auf einen vollendet veredelten Spitzenkaffee.«

»Heute gibt es Glühwein«, sage ich.

»Ich glaube, es war nicht richtig, herzukommen«, flüstert der Onkel.

Sie verzichten auf Getränke.

»Warum wir hier sind«, sagt Tante Karin und faltet die Hände in ihrem Schoß. »Ich weiß, es ist keine gute Idee, aber«, eigenartigerweise leiten die meisten Leute, die mich nach irgendetwas fragen, ihre Bitten ziemlich genau so ein, »Ich weiß, es ist keine gute Idee, aber wir finden einfach keinen Aufpasser für unseren Kleinen. Und da wir heute Abend eingeladen sind und wir nun mal in derselben Stadt wohnen, dachte ich ...«

»Dachten wir!«, ergänzt der Onkel.

»Dachten wir daran, dich zu fragen, ob du deinen Egozentrismus und Menschenhass vielleicht für einen Abend vergessen und bei uns babysitten könntest.«

Fast bin ich ein bisschen gerührt, dass ernsthaft jemand in Erwägung zieht, mir Verantwortung in irgendeiner Form zu übertragen. Sie fährt fort.

»Das hat absolut nichts damit zu tun, dass wir dir vertrauen oder ähnliches, wir sind einfach nur verzweifelt.«

»Wie alt ist der Kleine denn?«, frage ich.

»Ich hab schon damals gesagt, wir hätten einen anderen Taufpaten nehmen sollen«, flüstert der Onkel.

Ich sage zu.

Vier Stunden später verabschieden sich Tante und Onkel mit angsterfülltem Blick aus ihrem Haus und ich beginne mit dem Babysitten. Wie sich mittlerweile herausgestellt hat, ist der Junge schon zehn. Leider habe ich vergessen zu fragen, wie er heißt. Sicherlich hat Tante Karin zwischendurch mal seinen Namen erwähnt, aber sie redet tatsächlich sehr viel, wenn sie aufgeregt ist. Da kann man nicht auf jedes Detail achten.

Ich suche den Jungen in seinem Zimmer auf. Er spielt an seinem Computer ein Egoshooterspiel und schließt es schuldbewusst und hastig, als er mich eintreten hört. Ich entscheide mich spontan dafür, heute den Good Cop zu geben und sage: »Junge, spiel das doch einfach weiter. Du darfst auch Cola trinken, wenn du magst. Außerdem lasse ich meine Zigaretten gerne unachtsam auf dem Tisch liegen. Zeig mir mal das Spiel, los!«

Unsicher öffnet er das Spielfenster und knallt mit der Uzi ein paar Nazis ab.

»Wieso ist das Blut denn grün? Das ist ja völlig unrealistisch«, sage ich.

»Ich glaube, das ist der Sinn der Sache«, sagt er.

»Schwachsinn«, sage ich. »Also, meinetwegen, Junge, wenn du magst, kannst du den ganzen Abend lang abnerden.«

Er sieht mich fragend an.

Meine Recherche im PONS Wörterbuch *Jugendsprache* scheint irgendwie schiefgegangen zu sein, wenn er den Ausdruck »abnerden« nicht kennt. Ich beschließe, die Worte »swagen«, »Humpelhonk« und »rumpimmeln« zu unterschlagen und sage: »Junge, dieses Haus ist groß genug für uns beide. Ich lege mich jetzt vor den Fernseher und du machst, was du willst. So kenne ich das noch von früher, als mein Onkel auf mich aufgepasst hat. Viel Spaß!«

Ich lasse den sichtlich eingeschüchterten Jungen zurück, gehe nach unten und schalte den Fernseher ein.

Im Moment beginnt ein Film mit Uschi Glas und antiglobalem Impetus, Titel: »Für immer daheim«.

Erste Szene: Der Postbote kommt zu dem alten, griesgrämigen Bauer in den Stall. Der Bauer gabelt Heu von einem Heuhaufen auf einen anderen und schnauft. Der Postbote begrüßt den Bauer: »Griaß di, a Einschreib'n hab i für di.«

Der Bauer reißt es ihm aus der Hand und steckt es ungeöffnet ein.

»Schleich di!«, brüllt er.

Der Postbote geht nach draußen. Er trifft Uschi Glas, die gerade irgendetwas im Garten tut und ein Tuch auf dem Kopf trägt. Sie ist dreckig, wie man es von anstrengender Gartenarbeit ist. Sie richtet sich auf und begrüßt den Postboten kumpelhaft: »Sepp, hast was für mi?«

»Naa, aber deim Vatter hab i a Einschreib'n geben.«

Uschi Glas schaut ernst.

Es tun sich Fragen auf: Was steht in dem Einschreiben? Warum öffnet der Bauer es nicht? Was ist überhaupt ein Einschreiben? Wird Uschi Glas irgendwann während des Films auch einmal nichts tun oder ständig eine Harke in der Hand haben oder andere anstrengende Arbeiten verrichten? Wann wird zum ersten Mal in ein Münchner Geschäftshochhaus mit kaltherzigen Managern geschaltet, die des Bauern Land aufkaufen wollen, um dort eine Teststrecke für BMW zu errichten?

Zweite Szene: Uschi Glas backt Kuchen.

Ich entscheide, dass der Junge sicherlich etwas aus der einfachen Moral des Films lernen kann. Ich rufe: »Junge, komm nach unten!«, und warte.

Zehn Minuten später fährt Uschi Glas einen Traktor und schaut verbissen und der Junge ist noch nicht aufgetaucht.

Ich bekomme Zweifel daran, ob ich meiner Rolle als starkes, männliches Vorbild gerecht werde. Nach mehrminütigen Überlegungen, wie ich das ändern kann, entscheide ich mich für den offensiven Einsatz der Bruststimme und tenore in den Raum: »Junge, komm mal zum Onkel!«

Der Junge reagiert noch immer nicht. Ich versuche es weiter: »Junge! Wenn du nicht zum Onkel kommst, kommt der Onkel zu dir!«

Uschi Glas hat mittlerweile ihre verschollene Schwester gefunden, die in einem Geschäftshochhaus in München kaltherzige Dinge tut und ihrem Vater das Land wegkaufen will. Als ich mich auf den Weg zum Jungen mache, schaut Uschi Glas kämpferisch und hält drohend eine Heugabel in der Hand.

Ich betrete des Jungen Zimmer. Er mobbt auf Facebook gerade einige Mitschüler. Ich entscheide, dass er damit auch später weitermachen kann. »Eine stetige und langsame Zersetzung der Kinderseele führt zum größten Erfolg«, erkläre ich ihm. Er sieht mich bewundernd an. Ich beschließe, ihm später weitere Lebensweisheiten zu offenbaren, fordere ihn aber erst auf, mich zum Fernseher zu begleiten, damit er was lernt. Auf dem Weg nach unten gibt es schon die nächste Lektion: »Weißt du, Junge, wenn auf einem Duschgel *extreme cool* steht, solltest du es dir nicht an *jede* Körperstelle schmieren.«

»Danke«, sagt der Junge.

Als wir ankommen, gießt Uschi Glas Blumen und schaut verbissen.

»Sturer Bock!«, sagt sie, um uns daran zu erinnern, dass ihr Vater ein sturer Bock ist.

»Siehst du, Junge«, sage ich, »Uschi Glas nimmt die Dinge in die Hand. Das ist eine Kämpfernatur. Am Ende wird sie ganz allein über den Kapitalismus triumphieren, wenn sie die Heuschrecken vertrieben hat, die den Hof ihres sturen

Vaters aufkaufen wollen. Zwischenzeitlich wird sie einen Moment der Schwäche haben und weinen, sich ihrer Tränen aber nicht schämen, denn sie steht zu ihren Gefühlen. Sie ist eine starke Frau. Und immer tut sie irgendwas, schau, jetzt melkt sie eine Kuh! Uschi Glas sollte dein Vorbild sein, Junge, nicht ich.«

»Du bist doch gar nicht mein Vorbild«, sagt der Junge.

Ich zünde mir eine Zigarette an.

»Im Haus darf man nicht rauchen«, sagt er.

»Junge, du musst dich immer fragen: Was würde Uschi Glas tun? Wenn Uschi Glas im Haus rauchen wollen würde, dann würde sie ordentlich auf den Tisch hauen, und zwar nicht bildlich gesprochen, sondern offensiv plakativ, mit voller Wucht, so dass die Kaffeetasse klappert. Sie würde den Mund spitzen und langsam und zielsicher die Zigarette hineinstecken, ihrem kaltherzigen Gegenüber dabei direkt in die Augen sehen und ihn so lange mit ihrem bohrenden, bestimmten Blick mürbe machen, bis er ihr zitternd Feuer gäbe. Würdest du Uschi Glas verbieten, im Haus zu rauchen, Junge?«

»Warum fährt Uschi Glas denn jetzt den Schulbus?«, fragt er.

»Weil sie es kann. Weil sie alles kann. Uschi Glas ist eine Projektionsfläche für Träume und Wünsche des kleinen Mannes. Uschi Glas ist der Chuck Norris des Spießbürgers. Schau, jetzt räumt sie gerade eigenhändig den Baumstamm von der Straße, damit die Kinder in ihrem Bus, die ihr tagtäglich ihr Leben anvertrauen, sicher nach Hause oder in den Fußballverein kommen.«

»Uschi Glas ist ja voll cool«, sagt er.

Ich hoffe, dass er die hohe Kunst der Ironie noch nicht beherrscht.

Eine Stunde später fahren schwarze Limousinen vom Hof weg Richtung Großstadt. Uschi Glas verabschiedet sie, indem sie selbstbewusst die Fäuste in die Hüften stemmt und triumphierend schaut. Ihr Vater kuckt aus dem Kuhstall und fragt: »Sann die Großkopferten weg?«

Uschi Glas nickt und lächelt milde. Sie ist *für immer daheim*. Eine Hubschrauberkamera zieht das Bild nach oben auf, durch das bayrische Bergidyll läuft der Abspann und dann sagt Anne Will, dass sie heute über Früherziehung reden wird.

Ich trockne meine Tränen mit dem Taschentuch und trage den schlafenden Jungen zu Bett. Er hat seine Lektion gelernt, er wird eine Kämpfernatur werden wie Uschi Glas, gleichsam gefühlsbetont und durchsetzungsstark. So wird man was in der Gesellschaft, so kann man Superstar werden.

Tante Karin ruft mich fünf Tage später an und fragt aufgeregt, was ich mit ihrem Jungen gemacht hätte. Er trage neuerdings ständig Gesichtsmasken aus Aloe Vera und verlange danach, ein Pferd geschenkt zu bekommen. Außerdem schaue er nun immer sehr bestimmt und verbissen, wenn er etwas haben wolle. Sie konnte ihn nicht mal damit zur Räson bringen, ihm eine neue Jack Wolfskin zu kaufen.

Ich beende das Gespräch zufrieden, ohne zu Wort gekommen zu sein, nippe an meinem Glühwein und sehe auf eBay nach, was ein Pferd kostet.

Ihr werdet alle sterben!

Steaks, Hamburger, Schnitzel, Koteletts – Der Verzehr von rotem Fleisch erhöht das Risiko zu sterben.

So titelte das Deutsche Ärzteblatt im Frühjahr 2012.

Ich lehne mich nun weit aus dem Fenster und behaupte: Selbst wenn man täglich zehn Kilometer durch den Wald rennt, danach fünfzehn Bahnen schwimmt, zwanzig Minuten Ashtanga Yoga macht und lässig über den Tag verteilt dreißig Actimel vermengt mit rohen Eiern trinkt, besteht doch tatsächlich immer noch das Risiko zu sterben. Ja, ich möchte die gewagte These aufstellen: Das Risiko zu sterben liegt bei hundert Prozent. Egal, was, wie oder wie viel man isst – oder ist.

Ein Vergleich: Ob man nun über weite Strecken seines Lebens in Ploppfolie eingewickelt und mit Fahrradhelm auf dem Kopf zu Hause in der privaten Gummizelle im Keller sitzt, oder gerne mal mit ausgestelltem Airbag und auf 230 eingestelltem Tempomat einen Sonntagsausflug auf der Autobahn unternimmt, dem Mobiltelefon in der einen und einem Brötchen belegt mit rotem Fleisch in der anderen Hand, einer Haschzigarette im Mundwinkel, nebenbei den ungeschützten Geschlechtsakt mit Gina-Lisa Lohfink vollziehend – bei beidem ist das generelle Risiko zu sterben immer noch gleich hoch: hundert Prozent. Wer das abstreitet hat mit ziemlich hoher Wahrscheinlichkeit auch das Prinzip der Lebensversicherung irgendwie falsch verstanden.

Aber gut, es soll auch noch Leute geben, zugegebenermaßen meist recht kleine oder verwirrte Leute, die an den Weihnachtsmann, den Weltfrieden, einen umsetzbaren Sozialismus oder an Bauch-weg-Rüttelgürtel glauben.

Wie es mein schriftstellerisches Berufsethos verlangt, habe ich für diesen Text ausführlichst recherchiert und zu diesem Zweck einige Beerdigungen aufgesucht – unter dem Vorwand, ein verschollen geglaubter Enkel, Arbeitskollege oder Ex-Lover des oder der Verstorbenen zu sein. Bei einem der zahlreichen Leichenschmäuse, einem eher gut bürgerlichen, kam es zu folgendem Dialog zwischen Kind, Mutter und mir:

Kind: »Mama, muss ich auch mal sterben?«

Mutti: »Nein, musst du nicht.«

Ich: »Doch!«

Kind: »Mamaaaa?«

Mutti: »Ja vielleicht, aber das dauert noch ganz, ganz, ganz lange.«

Ich: »Wer weiß?! Wie ist das mit der Anschnallpflicht in Schulbussen? Hmmm?«

Natürlich, es gefällt nicht jedem, dass dieses ganze fundamentale Vergnügen, diese crazy Fortsetzungsgeschichte aufstehen-essen-trinken-Pipi-A-A-schlafen-aufstehen-essen-trinken-Pipi-A-A-schlafen-aufstehen-essen-trinken-Pipi-A-A-schlafen irgendwann ihr Ende findet, aber je früher man sich dessen im Klaren ist, desto mehr kann man ihr doch vielleicht abgewinnen. Ich glaube also, ich habe dem kleinen Mädchen einen großen Gefallen getan. Obgleich es danach mehr als eine Stunde lang geweint hat, vielleicht auch noch etwas oder sehr viel länger, ich musste dann schnell weiter.

Aber ist es nicht besser, man begreift das Carpe-Diem-Prinzip im Alter von sieben als im Alter von siebzig Jahren – wenn man, nach einigen Jahrzehnten, eingezwängt zwischen Wohnschrank, Holzküchenzeile und nie angeschürtem Kachelofen, plötzlich einsieht, dass es das nicht gewesen sein kann und ausruft: »Es muss sich was ändern, Frau! Lass uns das Leben leben!«

Was bleibt einem da noch übrig? Ne schicke Kreuzfahrt auf der Costa Concordia? Vielleicht lieber zu Hause bleiben.

Es ist eben immer eine Frage der Perspektive. Wie ernst nimmt man dieses ganze Lebensding, das schon Milliarden Menschen erfolgreich und meist unfreiwillig hinter sich gebracht haben? Wie vernünftig ist der Mensch?

Wie man spätestens aus dem Einführungsseminar in Philosophie, Psychologie, Theologie oder sonstiger auf das Bruttoinlandsprodukt bezogen völlig unsinniger Studienfächer weiß: Es gibt nicht nur eine Wahrheit, nicht nur eine Realität. Der Mensch schafft sich seine individuelle Wahrheit selbst, begründet auf Erfahrungen, Vorwissen, Umwelteinflüssen und Kontext.

Ein Beispiel: Da stehen drei Leute an der Bushaltestelle und warten. Was machen die natürlich? Die hören Musik, jeder seine eigene, mit Kopfhörern. Jeder verleiht dem scheinbar identischen Setting einen Filter, einen individuellen Soundtrack, und nimmt seine Umwelt dadurch vollkommen anders wahr als die anderen. Und jetzt watschelt eine kleine Ente vorbei.

Der Erste sieht die einsame Ente und beginnt zufrieden zu lächeln, er hört »All summer long« von Kid Rock. Der Zweite sieht die Ente und beginnt ihren Watschelgang zu imitieren, er hört »Leider geil« von Deichkind.

Der Dritte sieht die einsame Ente und beginnt bitterlich zu weinen, er hört irgendwas von Philipp Poisel.

Der einzig wirklich Vernünftige in dieser Situation ist die Ente!

Pech für sie, dass noch ein Vierter daneben steht, er hört Megadeth, sieht die Ente, stürzt sich auf sie und beißt ihr den Kopf ab.

Was lernen wir daraus? Das Sterberisiko liegt immer und überall bei hundert Prozent. Für die Ente genauso wie für Kid Rock, für Papst Benedikt und sogar für Justin Bieber, für jeden, selbst und glücklicherweise auch für die Leute, die man gar nicht so gut leiden kann.

Das ist vielmehr beruhigend als angsteinflößend. Es geht sich viel leichter durchs Leben, wenn man jedem unfreundlichen Arschlochmenschen einfach mal direkt ins Gesicht sagt: »Du wirst sterben! Hundert Prozent!«

Und wenn der darauf entgegnet: »Du aber auch«, dann ist das echt kindisch!

Fassen wir also zusammen: Das Leben ist ein witziger Zufall – da kann man auch mal auf Risiko spielen und rotes Fleisch essen.

Normal schneiden

An der Wursttheke.

»Was darf's sein?«

»Salami, die da.«

»Wie viel Gramm?«

»Weiß ich nicht. Für zwei Brötchen. Machen Sie mal achtzehn Scheiben.«

»Soll ich das normal schneiden?«

»Was?«

»Soll ich das normal schneiden?«

Ich verstehe die Frage nicht ganz und bin mir auch nicht sicher, ob sie nun mit mir oder mit sich selbst geredet hat. Manchmal spricht man ja unbewusst Dinge floskelhaft vor sich hin, die man weder so meint noch mit einer Reaktion darauf rechnet. »Hallo, wie geht's dir?«, zum Beispiel, oder »Das Essen war hervorragend, Kompliment an die Küche«, oder »Fassen Sie mich nicht an, ich bin besser als Sie.«

Was will mir die Frau mitteilen? Sie fragt noch einmal, schon etwas verunsicherter:

»Soll ich das normal schneiden?«

Da sie anscheinend wirklich eine Antwort erwartet, tue ich ihr den Gefallen:

»Nein! Schneiden Sie das bitte völlig abnormal! Pervers! Grotesk! Lassen Sie Ihrer Phantasie da mal ganz freien Lauf.«

Sie wirkt nun leicht gekränkt. Und ich frage mich: Was ist das für eine Berufsauffassung? Die Frau schneidet am

Tag so viel Wurst in so viele Scheiben, wie sie die deutsche Durchschnittsfamilie in einem ganzen Jahr in sich hineinfrisst. Es sei denn, die Familie bestünde nur aus Vegetariern, dann wäre der Vergleich recht schwach. Aber das wäre eine Familie aus Vegetariern auch.

Davon aber mal ganz abgesehen: Wie kommt sie, die Fachfrau, die Herrin über Lyoner, Mett und Gesichtswurst, überhaupt auf die Idee, mich, den Laien, zu fragen, wie sie ihre Arbeit verrichten soll? Wenn das jeder machen würde …

Fragt der Architekt den Bürgermeister: »Sagen Sie mal, soll ich die Brücke ganz normal bauen, oder lassen wir diesmal eine Lücke in der Mitte? Entscheiden Sie das mal.«

Darauf der Bürgermeister: »Aber vorher sagen Sie mir, ob ich meine Eröffnungsrede am Weinfest ganz normal halten soll – oder doch lieber währenddessen einen aufblasbaren Dinosaurier ficken? Ich weiß es einfach nicht.«

»Soll ich das ganz normal schneiden?«, fragt sie wieder. Ich beginne, ernsthaft über die Frage nachzudenken.

»Sie können sich dabei natürlich auch einen lustigen Partyhut aufsetzen oder einen Kopfstand machen, wenn Ihnen das mehr Spaß bringt. Oder Sie schneiden zur Abwechslung mal mit den Füßen. Ich stelle das dann gerne auf YouTube. Aber können Sie mir mal sagen, was Sie eigentlich mit Ihrer Frage in Erfahrung bringen wollen?«

»Na, ob dicke oder dünne Scheiben.«

»Ach so. Machen Sie das einfach ganz normal.«

Geschlechtsverkehr: Eine Einführung

Als ich acht Jahre alt war, kam ein neues Kind zu uns in die Klasse. Gregor. Gregor kam aus der Stadt und klärte uns auf. Über so einiges. Bis zu seinem Erscheinen wusste ich zum Beispiel nicht, dass es eine schlimme Strafe für Beamte (wie Gregors Vater) ist, in unseren Landstrich versetzt zu werden. Ich komme aus Badisch Sibirien. Das nennt man so, weil es dort immer ein paar Grad kälter ist als im »echten«, im südlich gelegenen Baden, vor allem aber auch wegen der recht dünnen Besiedlung. Von einem Dorf zum anderen kann man einen ganzen Tag lang unterwegs sein, zu Fuß. Mit der Kutsche geht es ein bisschen schneller. Tatsächlich hatten wir aber auch schon Autos in den frühen 1990er Jahren.

»In Karlsruhe gibt es viel mehr Autos«, sagte Gregor, und »Ihr seid alle Bauern!« sagte er auch, was nun nicht unbedingt ganz falsch war, dennoch nahmen wir es als Anlass, ihn an den Schulhofzaun zu binden und ihn ordentlich zu verprügeln. Hätte es damals schon eBay gegeben, mit seinen schicken Stadtschuhen, die wir ihm dabei weggenommen hatten, hätten wir ein dickes Geschäft machen können. Schnürsenkel hatten die sogar! Wir Landkinder trugen eher Klettverschluss oder gleich die Gummistiefel, wenn wir später noch aufs Feld mussten.

In seiner Weltgewandtheit begriff Gregor schnell, dass es sich bei der Prügelaktion lediglich um eine Art Initiationsritus handelte. Dass wir uns selbst gegenseitig tagtäglich an den Zaun banden und uns vor lauter Freude blutig schlugen, konnte auch wirklich niemandem entgehen. Wenn der pausenhofaufsichthabende Lehrer zu seinem Dienst erschien – was nicht unbedingt die Regel war – schritt er ab und an ein oder versuchte zumindest, durch Zuruf die Gemüter etwas zu beruhigen. »Nicht öfter als dreimal hintereinander in den Bauch!«, war eine beliebte Ermahnung seitens des kakaomilchschlürfenden und an der Szenerie vorbeischlurfenden Lehrkörpers. So lernte man auch noch ein bisschen Mathe.

Gregor war also recht schnell integriert, spätestens nach der dritten großen Pause am Zaun. Obwohl er schon ein bisschen anders war als wir, auch über die Schuhe hinaus. Gregor war der einzige unter uns, der seinen Vater »Dad« nannte, was wiederum zu der weitverbreiteten Fehlauffassung führte, sein Vater hieße Detlef und würde sich mit der Kurzform seines Vornamens rufen lassen.

Sein Vater war, wie vermutet, auch der Grund, weshalb Gregor überhaupt unter uns kam. Strafversetzung aus dem kaiserlichen Karlsruhe ins nordbadische Niemandsland, Degradierung wegen – gute Frage. Ich habe keine Ahnung, was er angestellt hatte, aber es muss so schlimm gewesen sein, dass er nicht nur einen mieseren Job bekam, sondern ihm auch die Frau weggelaufen war. In Gregors Erzählungen hatte er in Karlsruhe nämlich immer eine Mutter gehabt. Bei uns hatte er manchmal Bärbel aus dem Blumenladen am Frühstückstisch, aber das wusste offiziell niemand. Natürlich wussten es alle, machen wir uns nichts vor. Gregor und sein Dad wohnten in exponierter Lage, was so viel heißt wie: Sie hatten Nachbarn. Nachbarn haben Augen zum Sehen und Münder zum Reden und Ohren zum Hören, wie alle Menschen, aber sie nutzen das alles häufiger, um sich gegenseitig nicht langweilig zu werden.

Die Frage, was Bärbel und Gregors Dad da denn die ganze Zeit miteinander anstellten, wenn sie gerade nicht zusammen frühstückten, stellte sich uns eigentlich nicht. In unserer Klasse waren Sieben- und Achtjährige – und Henning, der schon in der ersten Klasse sitzengeblieben war und danach nochmal. Der war vielleicht schon zehn, hatte aber trotzdem keine Ahnung, generell. Heute ist er meines Wissens nach Küster, der Mann, der in der Kirche die Kerzen anzündet und dem Pfarrer sein Kleid raus legt.

Gregor startete dann jedenfalls den Aufklärungsunterricht, indem er in einer kleinen Pause ein Blatt Papier schräg zusammenrollte, so dass daraus eine spitz zulaufende Papiertüte wurde.

»Das ist ein Pariser«, sagte er und es dauerte nicht lange, bis er Katjas Faust im Gesicht hatte. Sie war der Meinung, dass die Leute in Paris ganz anders aussähen und nicht aus Papier seien, sie war nämlich erst dagewesen, letzten Sommer, und wollte sich nicht für dumm verkaufen lassen.

»Boah, ey, dass ihr dummen Bauern immer gleich draufhauen müsst, ihr Deppenvolk«, maulte Gregor. Damit war die erste Lektion der Aufklärung für uns und vor allem für ihn beendet, weil er zu Beginn der nächsten Schulstunde ins Krankenhaus kam, Loch im Kopf. Das Krankenhaus war zwei Dörfer weiter, man brauchte eine halbe Stunde mit dem Auto, mit dem Traktor anderthalb Stunden.

Ich glaube, es ging auf die Initiative von Gregors Dad zurück, dass sich daraufhin recht bald eine Art Gewaltpräventionsdenken unter uns breitmachte. Später habe ich von Gregor erfahren, dass er es »Zivilisierungsmaßnahme« nannte. Gregors Dad berief eine Elternversammlung in der Schule ein, bei der er mit neusten Techniken (Overheadprojektor) klarzumachen versuchte, dass es vielerorts möglich sei, Konflikte nur durch Worte zu lösen. Dummerweise gerieten Katjas Vater und Daniels Vater auf der Veranstaltung etwas in Streit (Ackergrenzen) und bei ihrer kleinen Rangelei ging das Lehrerpult zu Bruch. Gregors Dad brachte es aber tatsächlich fertig, dass sie sich daraufhin die Hand gaben und sich wieder vertrugen und so dienten sie plötzlich allen als Vorbild für das friedliche Miteinander. Die Folge: Gregor musste nie mehr ins Krankenhaus. Bis er neunzehn war, wegen eines Syphilisverdachts, aber das ist eine andere Geschichte.

Es war dann an Konrads Kindergeburtstag, der für meinen Geschmack viel zu friedlich verlief, als Gregor die Bombe platzen ließ. Er hatte abgewartet, bis Konrads Mutter ihre Aufsichtspflicht wegen einer verstopften Toilette (Katja) kurz unterbrechen musste, da sagte er mit einem Stück Smartieskuchen im Mund: »Ich erzähle euch jetzt, was Ficken ist!«

Und dann erzählte er uns tatsächlich, was es war, seiner Auffassung nach, die aus Schlüssellochbeobachtungen seines Dads in Interaktion mit Blumen-Bärbel erwachsen war. Als Konrads Mutter mit dem Pümpel in der Hand von der Toilette zurückkam, starrten wir sie alle mit offenen Mündern, teils mit Inhalt, an und waren baff. Die hat das schon mal gemacht, vielleicht schon öfter, die Sau. Das dachten wir uns. Geredet haben wir vor lauter Ekel nicht mehr mit ihr, es war ein eigenartiger Ausklang der Feier. Es folgten einige Tage größter Verstörtheit über die neuen Erkenntnisse.

Bei einem Mittagessen im Familienkreis wollte ich dann endlich Gewissheit haben. Mein Vater, der kurz vor meiner Geburt in die Gegend versetzt worden war, erzählte irgendwas von seiner Arbeit, was meine Mutter damit kommentierte, wortlos ihre Suppe nachzuwürzen.

»Ich weiß jetzt, was Ficken ist«, sagte ich und mein Vater brach abrupt seinen Bericht ab und sagte: »Ich glaube, die Katze muss mal gefüttert werden. Ich sehe mal nach, ob sie noch ordentlich was im Napf hat.«

So schnell war er noch nie vom Mittagstisch verschwunden.

»Was ist es denn?«, fragte meine Mutter nach langem Schweigen. »Dieses Ficken?«

»Also, Gregor hat erzählt, dass der Mann seinen Pimmel zwischen der Frau ihren Brüsten reibt und dann pinkelt er ihr aufs Gesicht, aber nur ein bisschen. Ist das Ficken?«

Meine Mutter dachte einen langen Augenblick über meine Vorstellungen nach. So geht die Unschuld dahin, dachte sie sich wohl, viel zu früh. Vielleicht dachte sie auch einfach nur: Was für einen dummen Sohn ich doch habe. Wir hätten ihn damals im Europapark einfach nicht aus dem Spiegelkabinett retten sollen, von selbst hätte er immer noch nicht herausgefunden. Schließlich setzte sie zu einer Antwort an: »Ich werde mal deinem Vater helfen, sonst nimmt er noch das falsche Futter.«

Nachdem mir meine Eltern aus verschiedensten Gründen den Tag lang aus dem Weg gegangen waren, fand ich abends ein Buch auf meinem Kopfkissen. Ja wo kommt das denn her, dachte ich, so ein Zufall aber auch. Ich musste den Titel wieder und wieder lesen, bis ich verstand: Ein Aufklärungsbuch. Genauer: Ein Aufklärungsbilderbuch. Genauer: Ein Aufklärungsbilderbuch auf Schwäbisch. »Wo kommet denn dia kloine Kender her?« war der Titel und die Hauptfiguren, »dr Moo ond d'Fraa«, hatten große Ähnlichkeit mit dem Gilb, den ich aus der Waschmittelwerbung kannte. Sie waren das ganze Buch lang nackt, dabei übergewichtig und unästhetisch. Zugleich war es meine erste Erfahrung mit der schwäbischen Mundart, dann auch noch gedruckt, die Lektüre war eine echte Herausforderung. Zwischenzeitlich habe ich mir das Buch wieder besorgt, falls ich einmal in die Verlegenheit kommen sollte, selbst fundierte Aufklärung leisten zu müssen. Ich zitiere eine bedeutende Stelle:

»Boide nemmet sich fescht en Arm, weil des richtig guat tuat. Ond noch ema Weile wird dem Mo sei Penis schteif ond hart ond viel greeßer wia sonscht. Er wird greeßer, weil er jetz glei ebbes z'schaffa kriagt.«

Wer wäre nach einer solchen Beschreibung nicht verstört? Und dann stellte sich auch noch heraus, dass es großer Quatsch war, was Gregor erzählt hatte. Die Ficksache funktionierte völlig anders, als wir angenommen hatten. Sehr viel beruhigter war ich durch die Klarstellung allerdings nicht. Es war plötzlich noch mysteriöser. Man musste sich also ganz, ganz doll liebhaben und sich das auch sagen, und zwar mit den Worten »Ha weischt, i hab di halt liab«, sich Geschenke machen und dann erst mal zum Altar, bevor es rund geht. Laut meiner Lektüre funktionierte dieses Ficken nämlich nur, wenn man miteinander verheiratet war, und auch nur zu dem Zweck, ein Kind zu zeugen. Die konkrete Beschreibung des Paarungsrituals ließ mich dann eher an Außerirdische denken.

»Ond weil er ganz en se neischneckla will, liegt er am beschta uff se nuff ond schteckt sein Penis en ihr Vagina nei.«

Da stand tatsächlich Vagina. An einer anderen Stelle auch Mösle. Diese ganzen komplizierten Fachtermini, diese mir völlig unklaren Zusammenhänge! Ich war überfordert. Und ich glaube, ich war nicht der einzige. Vielleicht machten

Gregors Dad und Blumen-Bärbel deshalb so etwas ganz anderes miteinander, weil sie gar nicht verheiratet waren und es also überhaupt nicht ging. Sie übten nur. Aber woher sollte Gregor das auch wissen? Er hat das Buch sicherlich nicht gelesen. Das Buch, das die große schwäbische Wahrheit verkündete – und das ich am nächsten Tag natürlich mit in die Schule nahm, um mein neues Wissen zu teilen. Da war das Aufsehen groß!

»Schon auch ein bisschen langweilig«, meinte Gregor, als am Ende das Kind geboren war. »Da hab ich keine Lust drauf.«

Wir einigten uns mehr oder weniger alle darauf, niemals Sex haben zu wollen, weil es zu viel Aufwand mit sich brachte – und man außerdem Schwäbisch lernen musste, um es durchzuziehen.

Für einige Jahre hielten wir Wort, dann aber wurde die Sache in ein kolossal neues Licht gerückt.

Es war Moritz, der nach Gregor und mir die dritte Aufklärungswelle startete. Da waren wir so zwölf Jahre alt. Moritz' Eltern fuhren immer nach St. Moritz in den Skiurlaub. (Dass sein Name einen versteckten Hinweis auf seinen Zeugungsort enthält, soll hier nur am Rande erwähnt sein.) Jedenfalls durfte er zum ersten Mal dem Familienskiurlaub fernbleiben und nutzte die Gelegenheit, um das elterliche VHS-Kassetten-Schränkchen bis in den hintersten Winkel zu durchwühlen.

Im Rahmen von etwas, das man heutzutage möglicherweise als Sleepoverparty bezeichnen würde, führte er uns also einen Hardcore-Porno aus den frühen 1970ern vor. Es war ein beeindruckender und emotionaler Film über die bewegten Jugendjahre einer Wiener Dirne, die erstaunlich viele Zufallsbekanntschaften machte, die ihr alle nach höchstens einer Minute des Anfreundens den Rock lifteten. Es ging so einfach. Sie sagte dem Wachtmeister, dass er so schöne polierte Knöpfe an der Jacke habe, woraufhin er wiederum auf der Stelle ihren Poliertheitsstatus andernorts überprüfen musste – und ihr den Rock hochhob. Sie blieb dabei immer freundlich und damenhaft. In einer anderen Szene trank sie holprig eine Tasse Kaffee, während ein Kutscher sie rückseitig beschlief.

Der Erkenntnisgewinn für uns war enorm, der neue Lehrstoff hätte uns im Biologieunterricht niemals besser vermittelt werden können. Außerdem sprach Josefine Mutzenbacher nicht mal Schwäbisch, sondern Wienerisch, und war mit Sicherheit nicht verheiratet. Wir einigten uns darauf, das Aufklärungsbuch damals vielleicht etwas fehlinterpretiert zu haben, betrachteten unsere neuen Möglichkeiten und planten eine Reise nach Wien. Denn dort standen nach unseren neuen Informationen an übermäßig vielen Straßenecken dralle Frauen in wallenden Kleidern herum, die sie umgehend abzuwerfen bereit wären, früge man sie nur nach dem Weg oder pflückte ihnen eine Butterblume. Endlich wussten wir Bescheid.

Der vom baden-württembergischen Ministerium für Kultus, Jugend und Sport bereitgestellte und womöglich auch produzierte Aufklärungsfilm, den wir nur kurze Zeit später im Biologieunterricht vorgeführt bekamen, stank dagegen ziemlich ab. Plötzlich war wieder von Liebe und ähnlichen Illusionen, auch von Verantwortung die Rede, was alles zum Geschlechtsakt verpflichtend dazugehören sollte. Die Zeichentrickfiguren waren noch gewöhnungsbedürftiger als die im schwäbischen Aufklärungsbuch. Der weibliche Part drehte sich beängstigend oft gedankenversunken die Haarspitzen um die Finger und sah zu Geigenmusikuntermalung sehnsuchtsvoll aus dem Fenster, sodass der Eindruck entstehen musste, ohne ein Übermaß an Herzschmerz und Leid ginge das alles gar nicht.

Erstaunlicherweise konnten nur wenige von uns diese Darstellung während der gefühlsmäßig grausamen Pubertätsphase widerlegen. Der Einfachheit halber hielten sich die meisten an die Vorgaben aus dem Film, weinten die meiste Zeit und sahen viel aus ihren Fenstern, hinaus aufs weite Ackerland.

Mittlerweile waren wir also multipel in den Geschlechtsverkehr eingeführt worden, bis zur ersten Real-Einführung sollte es nicht mehr lange dauern.

Gregor war wieder der Erste. Im Alter von vierzehn verfiel er einer heißblütigen, thüringischen Betreuerin einer Jugendfreizeit, in einem Strandkorb auf Sylt. Es war eine warme Sommernacht, in der es Sternschnuppen regnete. Er ging die Sache eher so an, wie er sie ganz ursprünglich aufgefasst hatte, im Dad-und-Blumen-Bärbel-Style. Ich saß zufällig direkt im Strandkorb daneben, daher kann ich mich so gut erinnern. Hätte es damals schon Fotohandys gegeben … hätte ich nicht die Fotokamera für das von ihm geforderte heimliche Beweisfoto nehmen müssen, der Blitz hätte nicht automatisch ausgelöst und es wäre vielleicht zu einem Happy End gekommen.

Fußnötle: *Die zitierten Stellen aus dem Aufklärungsbuch stammen aus:*
Dr. Thaddäus Troll: Wo kommet denn dia kloine Kender her?, Hamburg: Hoffmann und Campe 1973.

Vorwort

Reykjavík, im Februar 2013

Lieber Leser, schöne Leserin,

es ist Anfang 2013 und die Sexismus-Debatte kocht in Deutschland hoch. Es ist schon so weit, dass Alice Schwarzer themengerecht von der Leine gelassen wurde und durch sämtliche Talkshows keift. Ein Graus! Dies ist einer der Gründe, weshalb ich momentan für einige Zeit Zuflucht in Island suche. Ein anderer ist es, dieses Buch in konzentrierter Feinarbeit fertigzustellen und zusammenzukomponieren.
Wenn Sie das hier lesen, wird sich möglicherweise niemand mehr an die Sexismus-Debatte erinnern. Dennoch könnten Sie sich fragen: Warum diese eigenartige Anrede dort oben? Sollen Frauen damit nur auf ihr Äußeres reduziert werden? Gibt es nicht auch männliche Leser, die unlieb sind? Und überhaupt: Why the fuck steht das Vorwort nicht am Anfang, wo es hingehört?
Was Sie davon halten, bleibt Ihnen überlassen, in meinem Buch bin ich der Boss. Da ich selbst Vorworte im Allgemeinen langweilig finde und sie beim Lesen immer überspringe, habe ich mich für den Kunstgriff entschieden, Ihnen das Vorwort einfach so nonchalant mitten im Buch unterzujubeln, nachdem Sie schon durch einige Geschichten angefixt wurden.
Die Anrede ist im Übrigen ein Plagiat. Eines meiner größten literarischen Vorbilder, Friederike Kempner, pflegte es,

die lieben Leser und schönen Leserinnen so in ihren zahlreichen Vorworten zu begrüßen.
Friederike Kempner, bekannt als »der schlesische Schwan«, brachte es in nur dreißig Jahren, im Zeitraum zwischen 1873 und 1903, auf sagenhafte acht Auflagen ihres Gedichtbands »Gedichte«. Sie erlangte Berühmtheit dadurch, dass ihre Gedichte als die schlechtesten, unbeholfensten und peinlichsten aller Zeiten verschrien waren – zu Recht. Ihr Gedichtband wurde überwiegend zu dem Zweck erworben, sich in gemütlicher Runde darüber lustig zu machen. Sich hartnäckig haltende Gerüchte besagen sogar, ihre wohlhabende Familie habe heimlich große Teile der produzierten Bücher aufgekauft, damit nicht noch mehr Menschen sie lesen können. Was aber festzuhalten bleibt: Die Alte hat ordentlich verkauft, wie auch immer sie das angestellt hat. Daher eifere ich ihr nach.
So erklärt sich auch der gewagte Titel dieses Buchs, der sich außerdem arg nach Ratgeberliteratur anhört: Er soll einfach nur unbedachte Laufkundschaft, Perverse an sich oder auch Freunde des Fischfangs dazu animieren, das Buch zu kaufen, ohne vorher hineinzusehen. Ich erkläre Ihnen das mal detaillierter und beispielhaft anhand eines erfolgreichen, prominenten Vertreters der Fließbandschreiberei …

Genauso wie Fahrkartenautomaten, Blumenläden und Käsekrainer mit Meerrettich bei *Yorma's*, gehört das Gesicht Eckart von Hirschhausens mittlerweile fest in jede Bahnhofseinrichtung. Der immermuntere Doktorkasper haut ein Buch nach dem anderen raus, auf dem wahlweise »Glück«, »Liebe«, »Leber« oder »witzig« steht. Dadurch hat er sich in den vorderen Rängen der Sachbuchbestsellerlisten dauerhaft eingemietet. Das bedeutet für den

Autor selbst gleichwohl Erfüllung als auch Ansporn dazu, vielleicht mal einen Ratgeber zu veröffentlichen, auf dem »Geldanlage« steht. In jeder Bahnhofsbuchhandlung bekommt er mit jeder Neuerscheinung ein eigenes Schaufenster und jagt mir zuverlässig wie der Zombie mit dem gespaltenen Schädel in der Geisterbahn einen Schauder über den Rücken, wenn ich nichtsahnend per Rolltreppe im Untergeschoss ankomme und den Kopf wende. Dann sehe ich nämlich den seinen in fünffacher Lebensgröße und gelegentlich – besonders spooky – mit Clownsnase. Eckart Von führt die Dunkle Armee der Lebensratgeberautoren an, die sich über alles auslassen, was nicht bei drei aus ihrem wirren Kopf ist.

Was logisch ist: Die wenigsten Käufer lesen das alles wirklich. Vielmehr handelt es sich um klassische Geschenkliteratur, um Wandschrankschmuck.

Was weiß man über Omma? Nicht viel. Sie ist alt, bewegt sich langsam und trinkt gerne Tee. Also her mit dem Ratgeberbuch »Abwarten und Teetrinken – von der Kunst der inneren Ruhe«. Der Nachbar hat einen hyperaktiven Hund, also gibt es zum Geburtstag »Dr. Wuff, der Hundepsychologe«, der auf dreihundert Seiten Tipps zum Hund gibt, den er abwechselnd »den besten Freund des Menschen« und, wenn es um die kleineren Exemplare geht, »Taschenwolf« nennt. Hihi, Taschenwolf. Total flapsig.

Mit einem catchy Titel könnte also jeder Ahnungslose großen Erfolg auf dem Buchmarkt haben, lernen wir daraus. Was im Inneren des labbrigen Taschenbucheinbands steht, ist so ziemlich egal. Dies war meine Grundüberlegung, als ich mich daran machte, mir einen Titel auszudenken, der das dazugehörige Buch möglichst oft verkaufen soll. Aus einem Ratgeber über das Verfassen von Ratgebern hatte ich

den wertvollen Tipp »Keep it simple!«, was mich zur ersten Idee für einen Titel brachte: *Keep it simple!*
Nach etwas angestrengterem Überlegen über einer guten Kanne White Russian fügte ich der Liste der potentiellen Titel folgende hinzu:
- Kochen mit Hitze
- Der große Po-Ratgeber
- »Spaß« am korrekten Umgang mit »Gänsefüßchen«
- Geschlechtsverkehr: Eine Einführung

Was dabei herauskam, haben Sie als aufmerksamer Leser eben bemerkt.
Sie wissen nun über das geheime Innenleben und die Mechanismen der Buchindustrie Bescheid: Zunächst mal braucht man nur genügend Text, um irgendwie hundert Seiten füllen zu können, der Rest ergibt sich aus Formatierung und Schriftgröße, und dann ist nur eines entscheidend: Der Titel. Führende Marketingexperten haben »Geschlechtsverkehr: Eine Einführung« auf die gleiche Stufe mit Erfolgstiteln wie »Der Butt«, »Das Parfum« und »On se left you see se Siegessäule« gestellt, damit sollte also nichts schiefgehen.

Kommen wir nun aber zum Inhalt, dem Teil, der die Christian-Ritter-Forschung im 22. Jahrhundert am meisten beschäftigen wird. Ich gebe zu: So richtig ordentlich ist das hier alles nicht. Es ist ein aufregender und pulsierender Mix mehrerer Textgattungen: Dialoge, Beobachtungen, Szenen, zusammenhängende und für sich stehende, längere und kürzere Geschichten.
Dies Buch mag hier und da unfertig wirken, in seiner Gesamtheit strahlt es aber doch eine ungreifbare Faszination aus. Wäre dies Buch eine Stadt, wäre es Berlin.
Der Vorwurf, ich sei trotz mangelnder Perfektion zu sehr von mir selbst überzeugt, langweilt mich übrigens mitt-

lerweile sehr. Es liegt eben in meinem einfachen Naturell, mich für unvergleichbar zu halten. Auch wie Berlin.
Also, was gibt es alles zu lesen?
Im Grunde genommen ist hierin alles zusammengetragen, was ich seit der Publikation meiner letzten Kurzgeschichtensammlung »Moderne Paare teilen sich die Frauenarbeit« im Kurztextsegment geschrieben habe.
Natürlich fiel auch einiges verschämt unter den Tisch. Geschichten, die sich bei der Lesung vor Publikum wider Erwarten als weniger gut, untragbar oder strafverfolgungswürdig herausgestellt haben, habe ich nicht mit eingepackt.
Ein Novum für mich ist es, dass mit »Kopfhörer raus, das ist klausurrelevant« eine komplette Geschichtenreihe mit lockerem rotem Faden enthalten ist, bestehend aus dreizehn Geschichten! Wow! Gleichwohl hatte diese Reihe einen therapeutischen Effekt, da ich darin die Traumata meines Studiums verarbeiten konnte. Die Studiumsgeschichten werde ich bald auch als Hörbuch einlesen, perfekt geeignet zum Verschenken, zum Beispiel an Studenten. Wie das mit dem Geschenkemarketing funktioniert, habe ich weiter oben ja schon erläutert, Sie erinnern sich.
Für Hardcore-Fans gibt es endlich auch eine Fortführung der berüchtigten Aygül-Reihe, in der meine Freundin Aygül und ich fortwährend gefährlichen Schabernack treiben. Ich will nicht zu viel vorwegnehmen, aber es könnte die letzte Geschichte sein, in der sie auftaucht. Informieren Sie sich selbst weiter hinten in »Da könnt ich mich aufregen«.
Außerdem können Sie eine künstlerische Weiterentwicklung in Richtung eines grenzwertigen Bereiches in den Geschichten erkennen, in denen ich meine neue Liebe für das Bürgerlich-Konservativ-Denunziatorische entdecke, einge-

leitet durch die Geschichte mit dem pseudo-bedeutsamen Verlegenheitstitel »Ein großer Schritt«.
Zwischendurch stoßen Sie auf einige heitere Stückchen aus meiner Textreihe »Merkwürdige Dialoge«, die Sie an der Dialogform erkennen können, und …

Nun hat mich gerade ein Isländer von der Seite angequatscht und mich gefragt, was ich hier eigentlich täte. Ich schreibe gerne in der Öffentlichkeit, müssen Sie wissen, und sitze in einer sehr stark abgedunkelten Reykjavíker Bar, deren größte Lichtquellen die zahlreichen, leuchtenden Äpfel auf der Rückseite der Laptops sind. Viele Leute sitzen hier nur in Gesellschaft ihres Computers allein am Tisch.
»Ich verfasse das Vorwort zu einem Buch von mir«, habe ich in ausdrucksreichem Englisch geantwortet.
Er sei auch Schriftsteller, hat er entgegnet, gar ein bedeutender isländischer Lyriker. Und er könne mir nicht glauben, dass ich ernsthaft Kunst betreibe, denn dafür würde ich während des Tippens entschieden zu viel vor mich hin kichern.
»But I like your bag with the cow on it«, hat er geschlossen. Danach hat er nichts mehr zu mir gesagt. Er schaut nun seit mehreren Minuten bedeutungsschwer Richtung Notausgangssignal und ich beobachte ihn dabei. Er muss ein wahrer Künstler sein.

In diesem Sinne: Viel Spaß beim Lesen – und im Leben!

Alles sicher

Im ICE von nirgendwo nach irgendwo, Ortsangaben in Zügen erscheinen mir relativ überflüssig. Jedenfalls im Osten. Das Doppeltischchen ist besetzt mit einerseits mir und andererseits einer robusten Dame, die so aussieht, als gehöre die unüberlegte Aussage »Ich sage was ich denke!« zu ihrem festen Sprachrepertoire. Ebenso sieht sie so aus, als würde es ihr schwerfallen, überhaupt für längere Zeit nichts zu sagen, sie sucht permanent den Augenkontakt mit mir, um irgendetwas Belangloses loswerden zu können. Ich sehe seit mehreren Minuten konzentriert auf die gleiche Seite einer Zeitschrift, genauer: auf eine Werbeanzeige für Schweizer Präzisionsuhren. Ich traue mich nicht umzublättern, weil ich mir sicher bin, mein Gegenüber wird meine kurzzeitige Angreifbarkeit ausnutzen und mir zum Beispiel entgegen schleudern: »Ach ja, Zugfahren!«, oder: »Sie sind so jung!«, oder: »Ich lese auch«.

Schweizer Präzisionsuhren werden in filigraner Arbeit von Hand zusammengesetzt, wie schon damals, 1905, in einer kleinen Werkstatt in Winterthur, lese ich zum sechsundzwanzigsten Mal, da hält sie es tatsächlich nicht mehr aus und macht den Mund auf:

Sie: »Ich möchte mal eben in der Mitropa eine Erbsensuppe essen gehen. Könnten Sie ein Auge auf mein Gepäck haben?«

Ich: *[schweige]*

Sie: »Hallo, Sie? Ich möchte Erbsensuppe. Ob Sie wohl mein Gepäck im Auge behalten könnten?«

Ich: »Nä!«

Sie: »Wie bitte, was? Na, da hört's ja auf!«

Ich: »Nehmen Sie Ihr Gepäck doch mit, wenn Sie Angst haben, dass es Ihnen sofort geklaut wird, wenn Sie für ein paar Minuten aufstehen. Sie wissen, dass wir in den nächsten fünfzig Minuten nicht anhalten?«

Sie: »Was hat das denn damit zu tun?«

Ich: »Nur mal angenommen, hier liefe Diebsgesindel herum, wie Sie anscheinend vermuten. Die würden ja wohl eher kurz vor einem Bahnhofshalt zuschlagen, Ihnen heimtückisch ihr labbriges Ledertäschchen entreißen und dann aus dem Zug stürzen, so dass Sie in Ihrem Schockmoment gar keine Chance hätten, ihnen hinterherzurennen und sie zu verprügeln. Aber, denken Sie mal nach, das geht doch sowieso nicht.«

Sie: »Wieso soll das nicht gehen? Das klingt nach einem teuflischen Plan. Haben Sie das vielleicht schon mal gemacht?«

Ich: »Wenn es denn so einfach wäre. Merken Sie nicht, was immer zwanzig Minuten vor einem Halt vor sich geht? Da packen die Leute schon ihre Sachen zusammen, ziehen ihre Wintermäntel an und stellen sich an die Türen und in den Gang. Glauben Sie vielleicht, die machen das, damit sie schneller aussteigen können, freiwillig zwanzig Minuten stehen? Das wäre ja ziemlich blöd. Die machen das natürlich aus Nächstenliebe, sodass ein potentieller Dieb keine Chance hat und durch sie blockiert wird.«

Sie: »So hab ich das noch gar nicht gesehen. Ich hab mich schon immer gefragt, was das soll mit dem frühen Aufstehen.«

Ich: »Das hat alles mit dem großen Sicherheitskonzept zu tun. Hier ist alles sicher bei der Deutschen Bahn. Da brauchen Sie sich gar keine Sorgen machen. Was glauben Sie denn, was auf den Bahnsteigen los wäre, würde nicht alle zehn Minuten durchgesagt werden, man soll sein Gepäck nicht unbeaufsichtigt lassen? Es gäbe ja gar kein Durchkommen mehr bei den ganzen Gepäckstücken, die da herrenlos herumstünden.«
Sie: »Na, da sagen Sie was.«

Ich bemerke, dass sie ihr Ziel mittlerweile erreicht hat und wir uns in einem Gespräch befinden. Das muss ein Ende haben.

Ich: »Wollten Sie nicht eine Erbsensuppe essen gehen?«
Sie: »Ja, wenn Sie vielleicht ein Auge auf mein Gepäck ... Tschuldigung, alte Gewohnheit ... ich geh dann einfach mal.«
Ich: »Guten Appetit.«
Sie: »Dankeschön! ... So, junge Frau, lassen Se mich da mal durch, heiß und fettich ... hehe ...«

Als sie durch die Schiebetür verschwunden ist, nehme ich ihre Handtasche und sehe pflichtbewusst nach, was sie vor ihren Mitmenschen zu verbergen hat.

»Was machen Sie denn da?«, kommt es empört von der Seite, »Sie können doch nicht das Gepäck der Dame durchwühlen ... ohne mir was davon abzugeben. Was gibt es denn heute?«

»Rundhaarbürste, Schminkspiegel, eine Eintrittskarte zum König-der-Löwen-Musical von 2007, einen Einkaufszettel, falsche Perlenkette, Nagelknipser, ein Foto mit Kindern drauf, ein Foto mit Katzen drauf und – Ersatzknöpfe.«

Der Mann schaut enttäuscht. Ich auch.

»Ist der Nagelknipser angerostet?«

»Nein, guter Zustand, silbern lackiert.«

»Ich akzeptiere den Nagelknipser als Siegel meiner Verschwiegenheit.«

Ich bin etwas enttäuscht, da ich es auch auf den Nagelknipser abgesehen hatte, notgedrungen begnüge ich mich mit dem Katzenfoto und stelle die Tasche zurück. Schlechte Beute heute.

Als die Frau später vom Suppenessen zurückgekehrt ist und die Sicherheitsdurchsage kommt, man solle sein Gepäck nicht unbeaufsichtigt lassen, lachen wir beide herzhaft darüber. Vom Nebentisch fliegt unbemerkt ein Fingernagel herüber.

Radikal abgemahnt

Wie sich herausgestellt hat, habe ich wohl über ein halbes Jahr lang mit einem abgelaufenen Ausweis gelebt. Interessant zu wissen: Das geht.

Nachdem ich über einige Wochen auf der To-Do-Liste stehen hatte, biometrische Passbilder machen zu lassen, habe ich es schließlich zu einem stylemäßig eher unpraktischen Moment tatsächlich durchgezogen. Und dann direkt ab zum Rathaus. Der Stadtbeamte studiert länger meine Unterlagen und ringt sich dann dazu durch, auch mit mir zu reden.

Er: »Wie kam es denn dazu, dass Sie in diesem Jahr noch keine Zeit hatten, einen neuen Ausweis zu beantragen?«

Ich: »Na ja, ich schaue da nicht täglich drauf.«

Er: »Ich muss Sie jetzt leider mündlich abmahnen, weil Sie sich so lange nicht drum gekümmert haben. So leid es mir tut.«

Ich: »Ja, machen Sie mal!«

Er: »Hab ich grade.«

Ich: »Ach so.«

Er: »Das war die erste disziplinarische Maßnahme. Wenn Sie in zehn Jahren wieder zu spät dran sind, ist ein Bußgeld fällig.«

Kopfhörer raus, das ist klausurrelevant

Als ich einmal zwecks einer Lesung in der Universität zu Augsburg weilte und in der Pause einem jungen Jungen die Frage stellte, wo sich denn die Herrentoilette befinde, sah er mich mit großen, dummen Kuhaugen an, klappte dann den Mund auf und sagte: »Ich bin Ersti«. Dann rannte er davon.

Merke: »Ich bin Ersti« scheint mittlerweile synonym zu »Ich habe überhaupt keine Ahnung! Sprechen Sie mich bitte nicht an!« verwendbar zu sein.

Als ich einmal in der Universität zu Bamberg weilte und mich mit einem Dozenten unterhielt, erzählte er mir im Vertrauen, er dürfe Seminararbeiten und Essays nun nicht mehr mit Rotstift korrigieren, da die Verwendung der Farbe Rot, gerade wenn sie gehäuft am Korrekturrand auftritt, den Studierenden an sich psychisch belaste und ihm/ihr/Sternchen ein Gefühl der Minderwertigkeit verleihen könne. Auf oberste Anordnung dürfe nun nur noch mit Grün korrigiert werden. Die Korrekturen seien somit als »Anregung zur effektiveren Selbstkontrolle« zu verstehen, nicht etwa als Hinweis auf einen Fehler oder gar als … Korrektur.

Merke: Der Studierende heutzutage ist kein robustes Wesen.

Ich selbst habe insgesamt dreizehn Semester studierenderweise an diversen Universitäten zugebracht und besitze mittlerweile sogar einen Abschluss – der mich zwar nicht direkt für irgendeinen Beruf qualifiziert, mir aber doch einen gewissen Expertenstatus in Bezug auf ein Studium und seine Abläufe an sich verleiht.

Als Experte möchte ich also die unwiderlegbare These aufstellen: Früher war alles besser!

Zur Beweisführung hören Sie nun: Die Geschichte meines Studiums, in Highlight-Auszügen.

Erstes Semester: Erstsemestereinführungswoche

Ich stehe verloren vor dem sogenannten Ersti-Café herum, trinke eine Bionade Holunder für einen Euro, aus dem Ersti-Café, in dem für Erstis alles einen Euro kostet.

Ich rauche unbeholfen. Das Rauchen versuche ich mir gerade als Ausdruck meiner neu gewonnenen Unabhängigkeit anzugewöhnen. Meine Miete werden die nächsten acht Jahre hindurch meine Eltern zahlen.

Eine sogenannte Tutorin, eine sehr füllige Frau im zweistelligen Semesterbereich, deren Post-it auf ihrer überüppigen linken Brust erstens fast verschwindet und zweitens offenbart, dass sie Gudrun heißt, spricht mich unverhohlen an.

»Soll ich dir noch was erzählen?«

»Was? Ich bin Ersti.«

Sie verdreht genervt die Augen, schlägt mir die Zigarette aus der Hand, tritt sie angeekelt aus, umgreift meinen kompletten Oberarm und zerrt mich nach innen an den Infostand.

»Was willst du denn studieren?«

»M-m-m-Anglistik.«

»Warum?«

»Weil das einfach ist?«

»Das wird nicht gut gehen«, raunt sie, sucht mir zwölferlei Infobroschüren zusammen, setzt darauf scheinbar willkürlich Kreise und Pfeile mit dem Textmarker und erzählt, dass »grade in Anglistik«, wie übrigens in allen anderen Fächern auch, lerne ich später, akute Raumnot wegen Überfüllung des Studiengangs bestehe, die Qualität der Lehre leide sehr darunter. Bei ihr sei das alles noch besser gewesen damals. Ob ich nicht vielleicht lieber eine Lehre machen wolle, dann hätte ich was in der Hand.

»Was heutzutage alles studiert«, bellt sie zwischendurch ohne für mich offensichtlichen Zusammenhang. Zu ihrer Zeit habe der geistige Austausch im Vordergrund gestanden, ein Studium war ein Studium des Lebens, und nun werde die Uni zusehends verschult. »Verschult!«, kreischt sie und sieht mich an, als wäre ich mit Salami und Mayo belegt.

Als sie mit ihren Ausführungen fertig ist, fuchtelt sie komisch mit den Händen herum und macht »kchchchch«, um mich zu vertreiben.

Ich gehe aufgeschreckt nach draußen, setze mich auf eine Bank und versuche, eine Zigarette zu rauchen. Nahezu erfolgreich.

Ich sehne mich zurück nach den vorstrukturierten, unbeschwerten Tagen in der Schule, vor allem nach dem unkomplizierten Knutschen und Fummeln auf der Schultoilette. Ich spreche eine unbeholfen neben mir stehende

Erstsemesterin an und frage sie, ob sie mit mir auf der Toilette Knutschen und Fummeln möchte.

Auf ihre Gegenfrage, ob ich Tutor sei, antworte ich wahrheitsgemäß und im Sinne des verfolgten Ziels falsch, also möchte sie nicht.

Ich bin desillusioniert und gehe mich zum ersten Mal exmatrikulieren.

Zweites Semester: Es ist ein Auto

Ich besuche meine erste BWL-Vorlesung. Zwar studiere ich gar nicht BWL, bin aber doch etwas daran interessiert, was die »Gegenseite« so treibt.

Schon als mich meine Kindergartentante damals vom Schaukelpferd riss, weil ich die Zwillinge Marietta und Henrietta überritten hatte und mich aufgebracht fragte, was aus mir einmal werden solle, gab ich ihr verträumt zur Antwort: »Geisteswissenschaftler«.

Da sie damit nichts anzufangen wusste, hat sie mich aus Verlegenheit mit dem Teppichklopfer verprügelt – und somit nebenbei einen noch immer gerne verfolgten Fetisch in mir wachgerufen, aber das ist eine andere Geschichte.

Studientechnisch ging die Reise so weiter:

Erst hatte ich mich aus Versehen für Erziehungswissenschaft eingeschrieben, dann aber sehr schnell festgestellt, dass ich Kinder und Jugendliche generell verachte.

Wie doof, dass das Internet schon so weit ist, dass man sich problemlos online immatrikulieren kann, obwohl man sehr betrunken ist. Es sollte mehr Kontrolle im Netz geben! Hoffentlich gründet sich irgendwann mal eine Art Partei, die aus Nerds besteht und sich solcher Probleme annimmt, Orange wäre eine schöne Parteifarbe.

Die Erziehungswissenschaft habe ich also mittlerweile aufgegeben, ich studiere jetzt Germanistik auf Diplom. Das lässt mir genug Freizeit für Ausflüge.

Ich sitze zwischen siebenhundert angehenden Bürokraten und Rechenschieberschiebern und fühle mich ziemlich embedded. Der Mann vorne am Rednerpult scheint der Dozent zu sein, er findet wenig Beachtung. Selbst schuld, am Anfang hat er ein Passwort an die Tafel geschrieben und gesagt, man könne sich alle klausurrelevanten Materialien im Internet herunterladen.

Dass er nach einer Stunde Redezeit mitten im Satz einfließen lässt »Das richtige Passwort ist übrigens Mylifesucks«, bekomme selbst ich nur mit halbem Ohr mit, die Diskussionen um mich herum fordern große Teile meiner Aufmerksamkeit.

Da geht es um Autotuning, Intimrasur, das richtige Setzen des Stop-Loss beim Aktienhandel, Pferde, die besten zehn Partysprüche auf T-Shirts, Kochen mit Koriander, den neusten Hit von irgendwem, die korrekte Dosierung von Poppers beim Geschlechtsverkehr und darum, dass sich der Mann mit dem Goldkettenimitat neben mir »nochn paar Hunnis bei der Spaßkasse ziehen« muss, »bevor's am Freitag auf die Piste geht«.

Ich bin mir einigermaßen hundertprozentig sicher, dass sich seine Definition von »feiern« oder »Party machen« ziemlich exakt damit deckt, was man in MTV-Reality-Shows wie »My Super Sweet 16« zu sehen bekommt, dass er also am Freitagabend auf der dröhnenden Box irgendeiner Deppendisko mit einem dämlichen Namen wie zum Beispiel »Agostea« oder »Super Mäx« tanzenderweise einen Kühleimer mit einer teuren Flasche Schaumigem balancieren wird, das Hemd bis zum ausrasierten Bauchnabel aufgeknöpft, schwitzend und grölend wie ein brunftiger Hirsch. Genau so also, wie man sich die Eröffnungsszene eines richtig guten Polen-Pornos vorstellt. Das sieht man sich lieber mit einem Bildschirm dazwischen an, statt dabei sein und es riechen zu müssen.

Ich gehe jede Wette ein, dass er es sich noch immer nicht abgewöhnt hat, Worte wie »Spaßkasse« und »zum Bleistift« zu benutzen, mittlerweile sollte er sein Sprachrepertoire auf jeden Fall um »Fatzebook« erweitert haben, aber ich schweife ab.

Der Dozent hat es nun mittlerweile tatsächlich geschafft, völlige Ruhe in den Saal zu bringen. Zwar kann man es durchaus als Verzweiflungstat einstufen, dass er dazu übergegangen ist, nun Bilder von seinem teuren Auto vorzuführen, aber ich gönne ihm seine fünf Minuten Ruhm.

»Achtzigtausend hab ich für mein Baby hingeblättert«, sagt er, »dann hat es mir mein Nachbar mit seinem Schlüssel zerkratzt und ich hab mir ein neues gekauft. Für Neunzigtausend.«

Seine Sprache wird nun verstanden. Bewunderung macht sich in den Gesichtern um mich breit, die ersten Reihen beginnen zu klatschen. Der Applaus breitet sich auf den ganzen Hörsaal aus, der Dozent gibt sich selbst die Hand und reißt sie in die Höhe. Unter anhaltendem Jubel verlässt er den Saal, die Vorlesung ist beendet. Ebenso meine Exkursion in die glitzernde Welt der Betriebswirtschaftslehre.

Später des Tages sehe ich den Dozenten mit Perücke und Sonnenbrille verschämt in einen fünffarbigen Renault Twingo einsteigen.

Drittes Semester: Jenny hält ein Referat

»Ja also, äh, ich bin die Jenny, hihi«, sagt das komische Mädchen und knipst den Overheadprojektor an. Ich versenke mein Gesicht in den Händen und hoffe, dass ich es diesmal aushalte, ein nichtssagendes Referat einer langweiligen Person über mich ergehen zu lassen, ohne bei der Anschlussdiskussion die Worte »nichtssagend« und »langweilig« gebrauchen zu müssen. Ich habe mir bisher keinen guten Ruf im Seminar erarbeitet, weil ich den Großteil meiner Kommilitonen nach ihren Referaten mit wenig sachlichen Argumenten beleidigt habe.

»Alle die mich näher kennen, wissen ja, dass ich ein bisschen, äh, verrückt bin, hihi«, sagt Jenny.

Das Mädchen neben mir fängt an, zu kichern. Anscheinend kennt sie Jenny näher. Jetzt kichert auch Jenny. Dadurch verstärkt sich das Kichern der anderen und dadurch wieder Jennys. Es setzt sich ein Perpetuum Mobile der geist- und substanzlosen Heiterkeit in Gang.

Drumherum sitzen zwanzig Studierende und ein Dozent und sind bereits jetzt veritabel genervt, obwohl das Referat noch gar nicht losgegangen ist. Welch sinnlose Vergeudung kostbarer Lebenszeit, denke ich, ich könnte genauso gut zu Hause sitzen und die dritte Staffel How I Met Your Mother schauen. Aber nein, verbringen wir unsere Zeit doch lieber damit, Jenny und der anderen Tante beim Kichern zuzuhören. Ich beuge mich zu ihr rüber, als sie kurz Luft holt und frage sie leise: »Warum ist die Jenny denn verrückt?«

»Ach, hihi«, flüstert sie, »sie ist halt total verpeilt, vergisst immer alles und fällt ständig hin und so.«

»Ach so, sie ist einfach dumm«, fasse ich zusammen und beende das Gespräch. »Hatte mir schon Sorgen gemacht.«

»Du bist komisch«, sagt sie, stellt einen Leitz-Ordner zwischen uns und beugt sich so weit nach vorne, dass ich ihr Gesicht nicht mehr sehen kann. Geile Taktik. Jenny fährt in der Zwischenzeit fort:

»Bevor ich anfange, möchte ich noch klarstellen, dass an den Gerüchten, die über mich auf dem Campus herumgehen, überhaupt nichts stimmt. So!«

Sie nickt bestimmt. Ich beuge mich zu Jennys Freundin hinüber, um zu erfahren, welche Gerüchte das denn im Detail seien, sie redet aber nicht mehr mit mir. Auch ein vorsichtiges Anklopfen am Ordner bringt nichts. Schade.

»Ich habe mich nämlich von meinem Freund getrennt und nicht umgekehrt«, sagt Jenny. »Das war nämlich so ...«

»Würden Sie bitte umgehend mit Ihrem Referat beginnen?!«, mahnt der Dozent.

Ich klopfe spontan wild auf den Tisch. Andere schließen sich an. Studenten-Power-Applaus. Jenny wirkt nun etwas aus dem Konzept gebracht. Es scheint jetzt aber wirklich loszugehen.

»Ich dachte, ich mache das heute mal ein bisschen anders als sonst«, sagt sie. »Weil ich es schön finde, wenn ihr alle gut mitmacht, gibt es für jeden konstruktiven Beitrag ein Gummibärchen als Belohnung.«

Sie zieht eine XL-Packung Gummibärchen aus ihrem Rucksack und legt sie auf dem Dozentenpult ab.

Ich stelle mir spontan vor, sie auf dem Overheadprojektor festzubinden, ihr einen riesigen Trichter in den Mund zu rammen und sie mit ihren Gummibärchen zu mästen, während ich ihr den Hintern mit einer Hardcover-Originalausgabe von Ulysses versohle. Sie ist selbst schuld, sie macht mich einfach ein bisschen aggressiv.

Das Mädchen hinter dem Leitz-Ordner beginnt wieder, zu kichern, und sagt: »Gummibärchen, verrückt.«

Ich stelle mir vor, auch sie auf dem Overheadprojektor festzubinden, mit Gummibärchen zu mästen und dabei mit großem Pathos schwurbelige Gedichte von Clemens Brentano zu rezitieren, bis sie stirbt.

Wer ist jetzt der Verrückte hier?

»Hihi«, kichert Jenny und beginnt endlich mit ihrem Referat.

»Also, ähm, wir haben uns hier zusammengefunden, um mein Referat anzuhören. Es geht um die Literatur in der DDR. Hihi. Weil ich glaube, dass ihr genauso wenig über die DDR wisst wie ich, erst mal ein paar Fun Facts zu dem Land. Also, ähm, die DDR war ein Land, und ...«

Jenny greift zu ihren Karteikärtchen, von denen sie den Blick bis zum Ende des Referats nicht lösen wird. Ich erwarte das Übliche, also den Wikipedia-Artikel vorgelesen zu bekommen. Aber Jenny hat wohl woanders recherchiert.

»Und in der DDR haben sich alle wohlgefühlt und waren glücklich. Vor allem die Frauen, weil die arbeiten durften. Und es ist immer gut, wenn Frauen Arbeit haben und nicht zu Hause nur die Kinder. Hihi. Und, ähm, also Russland war wohl sehr bedeutend und außerdem war in der DDR alles sehr sozial ... istisch. Also gerecht.«

Ich erweitere an dieser Stelle meine Phantasie. Jenny ist noch immer auf den Overheadprojektor gefesselt und wird mit Gummibärchen vollgestopft. Guido Knopp betritt den Raum und löst mich durch Klopfen auf die Schulter ab. Wir sind ein Tag-Team. Guido Knopp versohlt Jennys Hintern mit der Gesamtausgabe seiner Reihe »Die Deutschen«, als Buch und DVD, ein Medium für jede Arschbacke, und moderiert währenddessen gewohnt gelangweilt in eine Kamera, die er mitgebracht hat.

Ich lache ein bisschen in mich hinein, während Jenny sich grade darüber auslässt, dass regelmäßige Ausflüge nach Rügen mit den Jungen Pionieren sicher viel Spaß gemacht haben, da Rügen ja auch eine schöne Insel sei, sie war selbst schon mal da, »und von den Kreidefelsen war ich ziemlich beeindruckt«.

»Jetzt ist es aber mal genug!«, geht der Dozent dazwischen. »Kommen Sie endlich mal zum Thema! Sagen Sie irgendwas zu Biermann und der Stasi oder so.«

»Hm?«, macht Jenny und ich frage mich, wann sie wohl genau damit angefangen hat, mit Dozenten und Lehrern zu schlafen, um im Bildungsbetrieb weiterzukommen. Anders ist es gar nicht möglich, dass sie überhaupt zu einem Studium zugelassen wurde. Oder Abitur in Hessen, das wäre die zweite Option. Ich werde mir in der Anschlussdiskussion Gewissheit verschaffen und sie fragen, wo sie herkommt. Aber: Pech gehabt. Es wird gar keine Anschlussdiskussion geben. Jenny weint jetzt heftig und trieft dabei aus der Nase, weil der Dozent mit ihrer bisherigen Leistung nicht zufrieden war. Unter einigen Schluchzern will sie sich verteidigen:

»Ich hatte vielleicht echt eine harte Woche?! Ich muss nämlich noch im Service arbeiten nebenbei, um mir das

Studium zu finanzieren. Und da war so viel los und der Daniel war krank und dann ist noch, ähm, meine Katze …«

»Wen interessiert das?«, rufe ich in den Raum und werde umgehend durch Tischgeklopfe bestätigt. Der Dozent nickt mir wohlwollend zu.

Jenny rennt kreischend nach draußen und haut die Türe hinter sich so heftig zu, dass sich der Strahler des Overheadprojektors selbst zuklappt.

Ich habe unversehens einen Leitz-Ordner im Gesicht. Dann rennt auch meine Nebensitzerin aufgescheucht aus dem Raum.

Meine Nasenblutung wird durch hilfsbereite Kommilitonen gestoppt, in meinem andauernden Schwindelgefühl taucht allerdings recht oft Guido Knopp vor mir auf und sagt »bestürzend« und »Zeitgeschichte«.

»Genug für heute«, sagt der Dozent. »Gehen Sie bitte einfach alle nach Hause!«

Immerhin, das war das beste Referat, das ich bisher in diesem Seminar gehört habe.

Viertes Semester: Mind the Gender Gap

Ich wohne nun seit drei Monaten in einer zweistöckigen Zwölfer-WG und glaube, mittlerweile jede/n meiner MitbewohnerInnen schon persönlich gesehen zu haben. Ich rede nicht viel mit ihnen, weil ich Angst habe irgendwas zu sagen, was nicht zu hundert Prozent pc (pii-sii) sein könnte, politisch korrekt heißt das, wurde grade erst erfunden. Es beinhaltet auch, dass man, auch wenn man nur von männlichen Mitbewohnern redet, auf jeden Fall »MitbewohnerInnen« sagt, denn erstens darf man nicht a priori durch den Sprachgebrauch bestimmte Personengruppen ausgrenzen und zweitens weiß man nie, ob sich vielleicht einer der männlichen MitbewohnerInnen insgeheim als Frau fühlt. So wurde mir das in einem langen Monolog von Boris, einer Mitbewohnerin, vermittelt.

Meine WG ist in diesen Dingen sehr ambitioniert, organisiert gerne Demos für und gegen alles Mögliche und bastelt in ihrer Freizeit Schilder dafür. Außerdem hat jede/r sein/ihr eigenes Spezialgebiet.

Martin zum Beispiel (er wohnt genau über mir und läuft gerne lange im Kreis) kämpft seit Jahren dafür, statt m oder w auch ein x im Personalausweis eintragen zu dürfen, weil es den Staat nun mal absolut nichts angeht, welches Geschlecht man so privat für sich bevorzugt und vielleicht möchte man sich ja nicht festlegen und lieber unentschieden bleiben. Ich finde sein Engagement zugleich bewundernswert wie auch nutzlos. Dass auf einem bundesdeutschen Personalausweis überhaupt kein Geschlecht vermerkt ist, verschweige ich ihm standhaft. Er hätte ja einfach mal nachsehen können. Ich plane aber, ihn irgendwann mal damit zu überraschen, ihm ein YES-Törtchen zu kaufen, meinen Ausweis vor die Nase zu halten und zu sagen: »Du hast es geschafft! Glückwunsch! Jetzt kannst du dir ein neues Lebensziel suchen.«

Im Moment scheue ich mich davor, da Martin grade eine extrem linksradikale Phase durchmacht. Vorgestern haben wir im sogenannten Küchenplenum auf seinen Antrag hin darüber abgestimmt, ob wir ein politisches Attentat auf den Vorsitzenden des RCDS verüben sollen. Das Thema wurde vertagt, da ich mich enthalten habe.

Abgesehen von den allabendlichen Plenen mit Rednerlisten in der Küche, gestaltet sich die Konversation eher einsilbig. Eine typische Unterhaltung zwischen mir und jemandem, der sich im gleichen Raum befindet, ob er/sie/es nun mit mir zusammenwohnt oder nur zu Besuch ist, das weiß ich nie so genau, verläuft in etwa so:

»Hee, na.«

»Och.«

»Naaa!«

»Uiuiui!«

»Hee!«

»Na.«

»Oooch.«

»Hm!«

Und schon ist man wieder aufgemuntert.

Fünftes Semester: Rhetorik

Ich sitze in meinem dritten einführenden Rhetorik-Blockseminar. Eigentlich müsste ich das gar nicht mehr machen, aber manchmal fühle ich mich gern überlegen. Das meine ich nicht in Bezug auf die mich umgebenden Kommilitonen, sondern auf die Dozenten.

Es ist wieder ein anderer Dozent, aber er erzählt genau den gleichen Schmu wie seine Vorgänger. Um zu beweisen, dass man Botschaften sprachlich auch mal falsch transportieren kann, wählt er – wie alle deutschsprachigen Rhetorik-Trainer – den abgelegten Werbeslogan von Douglas, *Come In And Find Out*, und zählt die Fehlinterpretationen auf, die vor acht Jahren bei einer nicht repräsentativen Straßenumfrage unter alten Menschen aufgekommen sind.

Er erwartet Erstaunen, Gekicher, Jubel oder überhaupt eine Regung seitens der Studierenden, aber es haben wohl alle schon mal ein Rhetorikseminar besucht.

Ein weit größeres Verbrechen an der deutschen Sprache soll in ferner Zukunft der sympathische Discounter Schlecker mit seinem Slogan *For you. Vor Ort.* begehen.

Er wird seine gerechte Strafe dafür erhalten.

Sechstes Semester: Spieleabend

Hat man sich schon etwas im Studium eingelebt, verändern sich so manche Prioritäten. Man ist nicht mehr ultimativ an all seinen Kommilitonen interessiert und hat sich auch damit abgefunden, dass es nicht allzu verwerflich ist, manche einfach als Idioten abzustempeln, et vice versa.

Fragen, mit denen man sich semesterlang aufgehalten hat, etwa: »Was studierst du?«, »Woher kommst du?« und »Warum studierst du ausgerechnet hier?«, nebst den passenden Universalantworten: »Mhm, interessant«, »Da war ich auch mal« und »Ja, ja, bei mir war's auch der NC, aber eigentlich ist es hier ganz schön«, verlieren mit der Zeit einfach ihren Reiz. Andere Fragen haben eine zeitlose Brisanz und Berechtigung, zum Beispiel: »Was war das ursprünglich mal in diesem Topf?« oder: »Was machen wir heute Abend?«

Meine aktuelle Mitbewohnerin Annette, die es für eine gute Idee hält, sich »Nette« rufen zu lassen, fragt mich, was wir heute Abend machen und nennt ein paar Optionen. Darunter eine sogenannte Doppeldeckerparty, der Geburtstag von irgendwem in seiner WG, irgendeine Feier wegen irgendwas in einer anderen WG und ein Spieleabend mit einem mit Nette befreundeten, langweiligen Lesbenpärchen, Nathalie und Mareike.

Gegen Spieleabende im Allgemeinen habe ich zwar genauso wenig wie gegen Lesben im Allgemeinen, aber auf mehr als eine Minute mit ausgerechnet diesen beiden Exemplaren in einem Raum habe ich mehr als wenig Lust. Ich würde es sogar vorziehen, bei minus zehn Grad drei Stunden nackt durch Paderborn zu laufen, statt in meiner WG zu sein, wenn Nathalie und Mareike vorbeikommen.

Nathalie und Mareike sprechen von sich selbst, um ihre Unzertrennbarkeit offensiv überzubetonen, gerne als Nateike. Sie kündigen sich mit SMS an, in denen steht: »Nateike ist auf dem Weg.« Wenn sie vor der Tür stehen, schreiben sie: »Nateike ist da.« Auch deshalb, weil sie die Klingel nicht vom Lichtschalter unterscheiden können und es ihnen zu riskant erscheint, einen Versuch zu unternehmen. Aus genau diesem Grund hat sich Mareike vor einigen Monaten die Schulter ausgerenkt, als sie im Dunkeln nach unten gehen wollte und hinterrücks von einer Stufe überrascht wurde.

Man sollte meinen, dass auch in Punkto Gehirn die einfache Rechnung »1 + 1 = 2« aufgeht, bei Nateike muss sich in diese Gleichung anscheinend irgendwo ein Minus eingeschlichen haben. Ihre Unzulänglichkeit in Alltagsdingen schieben sie gern auf ihre sexuelle Orientierung und ihr Randgruppendasein.

»Ich bin lesbisch, ich muss das nicht wissen«, ist alles andere als ein Totschlagargument, wird von ihnen aber reichlich als solches strapaziert.

»Warum sollte ausgerechnet ich mit einem Korkenzieher umgehen können, ich bin lesbisch«, »Ich bin lesbisch, ich muss nicht wissen, wie man eine Türklingel bedient«, »Nein, ich kann Ihnen nicht sagen, wann der nächste Bus fährt, ich bin lesbisch.«

Ich bin der Meinung, dass eine jede Missionierung ihre Grenzen haben sollte und außerdem verliere ich nur ungern bei *Mensch ärgere dich nicht*, am ungernsten überhaupt durch ein Rauswerfen meiner letzten Spielfigur mit der Begründung: »Natürlich zähle ich das Feld, auf dem ich stehe, mit, wenn ich die Fünf würfle und dich so rausschmeißen kann, wenn du vier Felder vor mir stehst; ich bin lesbisch! Das sind unsere Regeln, wenn du was dagegen hast, bist du intolerant!«

Weil ich keine Lust habe, Nette das alles haarklein auseinanderzusetzen, sage ich erst zum Spieleabend zu, warte, bis sie das nächste Mal ins Badezimmer geht und entsorge *Mensch ärgere dich nicht* in der Biotonne. Wir einigen uns in der Folge auf den Besuch einer der anstehenden WG-Partys als Abendprogramm.

Nachdem ich Nateike durch einen Kommentar in ihrem Beziehungs-Blog »Two girls, one love« mitgeteilt habe, dass die Türklingelsituation der Party-WG reichlich kompliziert sei, entscheiden sie sich dafür, zu Hause zu bleiben und lesbische Dinge zu tun, statt sich uns anzuschließen.

Nette und ich treffen die Verabredung, gegen Abend auf die WG-Party zu gehen. »Gegen Abend« bedeutet in diesem Zusammenhang »irgendwas zwischen zweiundzwanzig und zwei Uhr«. Man möchte ja als Gast nicht unbedingt zu den Ersten gehören, die sich noch ausgiebig von den Gastgebern erzählen lassen müssen, wer wahrscheinlich alles kommen und wie toll das alles werden wird oder gar noch beim Tomatenwürfeln für den Salat mithelfen müssen. Ebenso wenig möchte man genau dann eintreffen, wenn das Bier schon leer ist. Der perfekte Zeitpunkt zum Ankommen ist dann, wenn alle Anwesenden schon zwei bis drei harte Getränke intus haben, irgendein mutiger Vorreiter das Rauchen in zumindest einem Raum durchgesetzt hat und beim Mettigel zwar die Salzstangen und der Hinterleib weggenascht sind, der Fleischhaufen aber noch nicht angefangen hat, grün zu werden. Vor Mitternacht ist das selten der Fall, also nehmen Nette und ich gegen halb eins den zweiminütigen Fußmarsch auf uns und gehen zur Party, deren Anlass uns noch immer unbekannt ist. Nette besorgt sich am Späti noch flott eine Flasche billigen Roten, um ein Mitbringsel zu haben oder vorzutäuschen, je nach Sichtweise, außerdem eine Schachtel Zigaretten, die sie erst öffnen wird, nachdem sie drei Stunden lang jeden Partygast angeschnorrt hat und keiner mehr eigene Zigaretten haben wird. Dann wird sie die Königin der Nacht sein, die Smoking Queen, und allen in guter Erinnerung bleiben, so macht sie das immer. Sie arbeitet hart an ihrem Selbstbild: Die nette Nette, die auch morgens um fünf noch gerne und mit einem Lächeln eine Kippe abgibt. Nette sollte in die Politik gehen.

Eine Stunde später: Das Bier ist leer. Wie es bei studentischen WG-Partys üblich ist, wurde die doppelte Sparpolitik angewandt: »Wir kaufen das billigste verfügbare Bier und nicht viel davon.« Praktisch auch deshalb, weil das gute Perlenbacher Gold aus dem Lidl in Plastikflaschen vertrieben wird und somit schon mal weniger Verletzungsgefahr für alle besteht.

Auch sonst gestaltet sich die Party, wie man es von Geisteswissenschaftlern gewohnt ist. Die angesagten Hotspots sind die viel zu kleine Küche und die Warteschlange vor dem viel zu großen Bad. Als es noch Bier gab, lag es in der Badewanne zum Take-Away bereit, was den Verkehrsfluss noch verstärkt hat. Aktuell sind alle damit beschäftigt, in den Gesprächen so individuell und weltoffen wie irgend möglich zu erscheinen. Die schlimmstvorstellbare Beschimpfung ist »konservativ«. Niemand würde zugeben, in sexuellen Dingen irgendwie verklemmt zu sein, »so ganz unter uns« ist jeder Anwesende in seiner Außendarstellung zu mindestens 49 % bisexuell. Wäre das nicht so, wäre man konservativ. Man geht darin konform, gesellschaftsunkonform und maximal individuell zu sein, trotzdem hängt sich jede WG das gleiche Poster an die Toiletteninnentür, *Toilet Cam*.

Nette und ich stehen uns in der Küche zwischen zwanzig anderen mehr oder weniger Bekannten gegenseitig auf den Füßen herum, trinken irgendein Mixgetränk aus Orangensaft und Hochprozentigem und haben noch immer nicht herausgefunden, wer hier eigentlich wohnt. Das aktuelle Gesprächsthema kreist um Kindererziehung und technischen Fortschritt. Eine neben uns stehende Achtzehnjährige vertritt das ausgetüftelte Argument, man könne einem Kind doch nicht gleichzeitig ein iPad zum Spielen geben und dann erwarten, dass es keine Fensterscheiben antatscht. Sie wird von ernsthaftem Nicken unterstützt und man einigt sich darauf, dass Bauklötze immer noch das einzig wahre Spielzeug sind – sofern sie aus unbehandeltem Holz aus deutschen Wäldern geschnitzt wurden. Den Einwurf, dass mir diese Einstellung etwas konservativ erscheine, kann ich mir nur unter großer Anstrengung verkneifen. Wir sind ohnehin schon beim nächsten Thema: Berlin. Man kann Berlin gut oder nicht gut finden, nur keine Meinung darüber zu haben, ist streng verboten.

»Nee, Berlin gibt mir nichts, ich bin eher der Hamburg-Typ«, sagt gerade einer mit hochfliegendem Pathos, da taucht ein Junge in der Tür auf, der aufgeregt in die Hände klatscht und unsere gesammelte Aufmerksamkeit möchte.

»Leute«, ruft er, »Leute, ihr werdet es nicht glauben. Unten vor der Tür steht ein Obdachloser im Rollstuhl.«

Jubel bricht aus.

Ich verstehe nicht ganz, warum, lasse mich aber aufklären: »Weißt du, wenn jetzt ein Obdachloser im Rollstuhl auf dieser Party wäre, dann könnten wir immer davon erzählen, dass wir eine Party hatten, auf der einfach so ein Obdachloser im Rollstuhl aufgetaucht ist und alle das toll fanden. Wir wären moralisch gefestigt für mindestens die nächsten fünf Jahre.«

»Aha«, sage ich. »Darf ich dich darauf hinweisen, dass wir im vierten Stock sind und es keinen Aufzug gibt?«

»Man muss eben auch was dafür tun. Ich kann übrigens nicht schwer heben, ich bin lesbisch.«

Eine halbe Stunde später ist der Obdachlose nach oben geschafft, steht mitten in der Küche und verbreitet einen interessanten Geruch. Er ist relativ wortkarg und trinkt viel und schnell. Aber immerhin ist er da, darauf kam es ja an.

»Das ist so interessant, dass der Obdachlose im Rollstuhl jetzt hier ist, der kann uns sicher viel über das Leben beibringen«, sagt ein Mädchen in der Toilettenwarteschlange. »So als Negativbeispiel meinst du?«, frage ich. »Wie man es nicht macht. Ein Ratgeber des Obdachlosen im Rollstuhl. Ich würde es kaufen.«

»Boah, du bist voll konservativ«, sagt sie und geht pikiert in die Küche. Ich folge ihr und sehe, wie sie sich vor dem Obdachlosen in den Schneidersitz sinken lässt und ihn erwartungsvoll anstarrt. Er schaut zurück, nimmt einen großzügigen Schluck Wodka aus seiner Flasche und sagt: »Ich mag keine Juden.«

Betretenes Schweigen.

Der euphorische Junge von vorhin nimmt ihm vorsichtig die Flasche aus der Hand, als könne er damit großen Schaden anrichten. Nette versucht, die Situation zu entkrampfen, indem sie ihre Zigaretten hervorholt.

»Aber du bist doch sicher wenigstens bisexuell?«, fragt das Mädchen vor ihm auf dem Boden. Der Obdachlose schläft augenblicklich ein.

»Was machen wir jetzt mit ihm?«, fragt der euphorische Junge. »Also einerseits ist er cool, weil er behindert und obdachlos ist, andererseits ist er Antisemit. Das ist ziemlich uncool. Warum muss die Welt immer so kompliziert sein?«

Er drückt sich die Fäuste auf die Ohren, dreht sich schnell im Kreis und summt apathisch vor sich hin.

Eine demokratische Abstimmung führt schließlich zu dem Ergebnis, beide Seiten irgendwie zu berücksichtigen und den Obdachlosen auf den richtigen Weg zu führen. Versehen mit Nazis-sind-scheiße-Aufklebern wird der Schlafende wieder nach unten getragen und vor dem Haus abgestellt, bekommt zehn Euro zugesteckt, an denen ein Zettel angeheftet ist, versehen mit dem Hinweis, er solle das Geld bitte nicht für Alkohol ausgeben.

»Manchmal kann es so einfach sein, korrekt zu handeln«, sagt das Mädchen vom Boden, als wir wieder auf dem Weg nach oben sind.

Erstmals kommt mir der Gedanke, dass der Spieleabend mit Nateike vielleicht doch nicht die schlechteste Idee gewesen wäre.

Siebtes Semester: Survival Of The Fittest

Zu Beginn eines Semesters, wenn hundert Leute in einem Seminar mit einer Teilnehmerbeschränkung von fünfzehn sitzen, wird immer wieder Darwin aktuell, Survival Of The Fittest. Versuche, dem Aussiebeprozess zu entgehen und sich auf Dauer festzusetzen, hören sich etwa folgendermaßen an, gerne durch unkontrollierten Tränenausstoß untermalt:

»Ich brauche den Schein unbedingt, weil ich schon im dritten/vierten/fünften Semester bin und – wegen meiner Zwischenprüfung und – ich will doch noch ins Ausland und, und – Lehrerin werden und außerdem ist erst gestern mein Hase/meine Mutter/mein Glaube an die Menschheit gestorben und ich brauche dringend Ablenkung!«

Diesmal liefert die überzeugendste Begründung dafür, unbedingt im Seminar bleiben zu müssen, ein unscheinbares Mädchen in weiten Klamotten mit den Worten:

»Ich habe das Borderline-Syndrom und bin mir ziemlich sicher, dass ich mir die Pulsadern öffnen werde, wenn ich nicht in *diesem* Semester *diesen* Schein machen kann. Ich habe schon vier Selbsttötungsversuche hinter mir. Das Badewasser zu Hause ist schon eingelassen.«

Nach der Sitzung, in der ich aus dem Seminar geflogen bin, frage ich sie, ob das denn stimme, woraufhin sie zunächst ihre Pulloverärmel nach oben schiebt, mir ihre unversehrten Arme präsentiert und befreit und heiter auflacht.

Sie hat das Studium in drei Semestern unter Regelstudienzeit hinter sich gebracht, mittlerweile ist sie Ministerin für Familie und Soziales in einem nicht näher zu benennenden Bundesland.

Achtes Semester: Der Mensch ist ein Esel

»Hey, Christihahn, gehst du mit miah in die Mensar?«

Heike betont immer gerne offensiv über, wenn sie jemanden, in diesem Fall mich, Christihahn, zu etwas überreden will. Und meist stellt sie dazu nicht einhaltbare, utopische Versprechen auf.

»Das wird bestimmt total toll. Wir werden so viel Spaß haben.«

»Spaß? Beim Essen in der Mensa?«, entgegne ich. Ich werde mir das als Beispiel für ein klassisches Oxymoron notieren: Mensa-Spaß. »Da gibt's doch eh nur Pampe. Und als Beilage ne andere Pampe.«

»Aber immerhin billige Pampe mit Pampe«, sagt sie und lacht. Dem kann ich nicht widersprechen. Großer Pluspunkt. Ich sage meinem Gesicht aber nicht, dass sie mich schon fast überzeugt hat.

»Ach komm, sei mal nicht immer der Miesepeter. Freu dich doch mal!«

»Worüber?«

»Dass heute die Sonne scheint?«

»Das hat sie gestern auch schon gemacht.«

Heike ist charakterlich ein idealer Gegenpart zu mir. Sie findet unvoreingenommen alles und jeden toll und grinst den ganzen Tag in sich und andere hinein. Sie nimmt nicht mal Antidepressiva, sie ist von Natur aus so, das fasziniert mich an ihr am meisten. Sie hat mir mal erzählt, dass sie sich jeden Morgen vor den Spiegel stellt, sich selbst anlächelt, sich einbildet, es sei heute ihr Geburtstag und dann »Heute kann es regnen, stürmen oder schneien« anstimmt. Fände ich etwas anstrengend. Ich finde schon einen Geburtstag im Jahr zu viel.

»Komm, komm, komm«, sagt sie und zieht mich am Ärmel hinter sich her in die Mensa.

Eine doppelte Warteschlange über jeweils zwanzig Meter erwartet uns und ich sage ein paar Mal »Hallo« und »Hey« und »Ja«, als mir von irgendwelchen Bekannten »Hallo« und »Hey« und »Auch hier?« gesagt wird. Irgendwann kommen wir an den Tabletts und den Bestecken an. Ich greife mir vorsichtshalber je drei Messer, Gabeln und Löffel, ich traue den Spülkräften hier nicht so ganz und werde später die saubersten auswählen. Dazu greife ich für die letztendliche Politur zu zehn Servietten und stecke sie mir in die Tasche.

Die erste Station, Suppe, passiere ich, ohne zuzugreifen. Ob Tomate oder Champignon, ich schmecke da keinen Unterschied. Es geht direkt zum Hauptgang. Der Koch persönlich steht an der Ausgabe und mir fällt schlagartig ein, weshalb ich eigentlich nicht mehr herkommen wollte.

»Der Herr Ritter!«, brüllt er mich willkommen. »Welch Glanz in meiner maroden Hütte. Dass Sie sich noch hier blicken lassen?!«

»Ich habe Hunger«, antworte ich.

»Ist wieder Monatsende, ja? Wenig Geld, ja? Da kommt er dann wieder angekrochen, was?«

»Was können Sie mir denn heute empfehlen?«

»Ich habe all Ihren Schund gelesen. Sie sind doch nur hier, damit Sie danach wieder in Ihrem Blog schreiben können, das Essen hier ist scheiße. Glauben Sie nicht, dass ich das nicht mitbekomme.«

»Verzeihung, da muss ich Sie korrigieren. In diesem Kontext muss es heißen: Das Essen hier *sei* scheiße. Indirekte Rede, Konjunktiv, Sie verstehen?«

»SCHWEIN! Das gibt es heute. In Scheiben. Mit Kartoffelstampf.«

»Ja bitte«, sage ich. »Nehme ich.«

»Ich gebe Ihnen sogar zwei Scheiben, damit Sie später nicht wieder wegen einem Nachschlag ankommen, obwohl es Ihnen doch nie schmeckt bei mir. Und eine Extrakelle Stampf. Hier. Wohl bekomm's!«

»Danke«, sage ich und nehme den Teller.

»Du hast einen Blog?«, fragt Heike. »Bist du so was wie Carrie Bradshaw?«

»Ja, das trifft es ganz gut«, sage ich.

Der Koch verabschiedet mich mit einem Blick voll reinem, ursprünglichem Hass. Ich nicke ihm zu und biege ab zur Kasse.

Heike und ich halten nach einem Tisch Ausschau. Alles scheint voll besetzt, nur in einer äußeren Ecke unter der Treppe in den ersten Stock ist ein kompletter Achtmanntisch frei. Wir setzen uns ans Längsende im Eck und ich zücke mein Mensa-Kit, das ich vorsichtshalber immer bei mir trage, da man es auch außerhalb der Mensa gut einsetzen kann. Es beinhaltet Pfeffer, Salz, Kräuter der Provence und Tabasco. Ohne vorher probiert zu haben, würze ich Fleisch und Stampf ordentlich nach. Auch den Salat.

»Piep, piep, piep«, sagt Heike und ich beginne zu essen.

Es schmeckt einfach grauenhaft, ich werde darüber bloggen.

»Schau mal da«, flüstert Heike beim Kauen. »Der Horst kommt.«

Der Horst, genauer Prof. Dr. Dr. hc. mult. Friedbert Maria Horst *[Name aus datenschutzrechtlichen Gründen geändert.*

Der Verlag], ist der einzige wirkliche Star, den unsere Uni zu bieten hat. Er lehrt Soziologie und hat eine eigene Fernsehsendung auf BR alpha, dem Bildungs- und Kulturkanal des Bayerischen Rundfunks. Außerdem hat er eine treue Gefolgschaft von Groupies und Hiwis. Als er in die Mensa einzieht, den Sommermantel locker über die Schultern gelegt, ohne die Arme in den Ärmeln stecken zu haben, begleiten ihn drei junge Studenten, links, rechts und hinter ihm, die für ihn gleichermaßen Bodyguards und – sollten die Gerüchte um seine Person zutreffend sein – immer willige Lustknaben sind.

Der Horst ist außerdem dafür bekannt, dass er außerhalb seiner Fernsehsendung ausschließlich in Aphorismen spricht. Er benutzt keine Personalpronomen und verallgemeinert einfach alles ins nicht mehr Steigerbare, so dass jede seiner Aussagen auf vielen Ebenen deutbar ist. Man weiß nie, ob er sich die Sprüche selbst ausdenkt oder über einen sehr reichhaltigen Geistesvorrat an Aperçus verfügt, die er punktgenau abschießt. Noch weiß man, was er eigentlich sagen will.

Der Horst und seine Gang steuern genau auf uns zu und bleiben an der gegenüberliegenden Längsseite unseres Tischs stehen. Niemand sagt etwas. Ich nicke ihm zu und esse weiter meine Pampe.

»Das ist der Platz des Professors«, sagt einer seiner Boys bestimmt und ich schaue verwundert.

»Hier ist doch noch genug Platz«, sage ich. »Bitte!«

»Nein«, sagt ein anderer. »Der Herr Professor pflegt, an der Längsseite der Tafel zu sitzen und den Raum im Blick zu haben. Dein Platz ist sein Platz.«

Ich tu so, als ob ich gar nichts verstünde und Professor Horst sagt: »Der Mensch ist ein Esel.«

Ich weiß nicht, ob er nun konkret mich meint oder damit eine allgemeingültige Aussage treffen will.

Um uns herum breitet sich jedenfalls verstehendes, akademisches Gekicher aus. Sämtliche Tischgespräche sind verstummt. Professor Horst nimmt seinen Mantel von den Schultern und hängt ihn en passant in die Luft, von wo ihn einer seiner Begleiter gierig aufgreift.

»Wenn das hier Ihr Stammplatz ist«, sage ich herausfordernd, »wieso sind dann hier so viele Eddingzeichnungen von Penissen auf der Tischkante?«

Gespanntes Innehalten erfüllt nun den Raum.

Einer der Leibwächter bricht das Schweigen und sagt: »Der korrekte Plural von Penis ist Penes.«

Professor Horst vollführt ein affektiertes Gähnen und sagt: »Der Mensch ist nur da ganz Mensch, wo er spielt.«

Er rückt nun an die Tischkante heran und beginnt, den Tisch mit seiner Hüfte in meine Richtung zu schieben. Es quietscht auf dem Fliesenboden und die Kante drückt mir auf den Solarplexus.

»Aber Herr Professor«, sagt einer seiner Gehilfen. »Das können wir doch für Sie übernehmen.«

Zwei von ihnen öffnen ihre Manschetten und krempeln sich die Hemdsärmel hoch.

Bevor es zu irgendwelchen Übergriffen kommt, versuche ich, haltungbewahrend aufzustehen und sage: »Heike, wir essen im Stehen weiter!«

Heike, die das Schauspiel bislang fasziniert verfolgt hat, ohne sich als Beteiligte zu sehen, folgt meinen Anweisungen blind. Sie erhebt sich, wir nehmen unsere Tabletts und gehen. Als ich an Professor Horst vorbeikomme, gähne ich affektiert und sage: »Das Leben ist ein ewiger Machtkampf.«

Er steckt mir seine Visitenkarte zu und raunt mir ins Ohr: »Rufen Sie mich jederzeit an.«

Neuntes Semester: Existenzkrise

Es ist Sommer. Ich habe insgesamt vier Wochenstunden belegt, Dienstag vierzehn bis sechzehn Uhr und Mittwoch achtzehn bis zwanzig Uhr. Es ist Donnerstag, sprich Wochenende.

Kurz nach dem Aufstehen greife ich zur aktuellen Lektüre, nehme sie mit in den Garten, lasse mich auf meinem Liegestuhl nieder und schlürfe erst einmal die übrigen Schlucke Caipirinha von gestern weg.

Es ist sechzehn Uhr und nebenan wird gebaut. Durch den Lärm kann ich mich nicht voll konzentrieren und entschließe mich, lieber Musik zu hören und vor mich hin zu denken, statt zu lesen. Ich döse ein.

Gegen achtzehn Uhr wache ich pünktlich zum Feierabend der Baustelle wieder auf. Die Bauarbeiter gehen dreckig und zufrieden nach Hause und ich bekomme wieder die neuerdings öfter auftretenden Zweifel an der Sinnhaftigkeit meines Germanistik-Studiums.

Ich studiere nicht mal auf Lehramt, wie es die meisten in diesem Fach tun, ich studiere eher ins Leere. Was habe ich in vier Jahren Studium zustande gebracht? Würde ich das gefragt werden, würde es überhaupt jemanden interessieren, könnte ich höchstens mein unsorgsam gepflegtes Studienbüchlein mit den Scheinen aus den ersten beiden Semestern vorweisen und sagen: »Schau! Den TOEFL-Test hab ich geschafft.«

Hätte ich damals, wie einst für etwa eine Woche beabsichtigt, auf dem Bau angeheuert, könnte ich heute den interessierten Fragesteller ins Auto bitten, mit ihm durch die Städte fahren und hier und da sagen: »Das Haus da habe ich gebaut. Mit meinen eigenen Händen. Sehen Sie es sich an! Es steht fest gemauert in der Erden, es wackelt nicht, es wird in hundert Jahren noch stehen. Das habe ich gemacht! Ich!«

Für meine aktuelle Tätigkeit brauche ich nicht mal alle meine Finger. Ich habe nie Zehnfingertippen gelernt, die beiden Zeigefinger würden mir absolut reichen, um Seminararbeiten zu schreiben. Die restlichen acht sind eher Dekoration.

Was soll man denn anfangen als Literaturwissenschaftler? Was kann man denn tun, um irgendetwas zu produzieren, das bleibt, so ähnlich wie ein Haus? Man bräuchte eine Aufgabe. So langsam bin ich es überdrüssig, so viel Zeit darauf zu verwenden, darüber nachzudenken, wie man seine Zeit sinnvoll füllen könnte.

Gedankenversunken nehme ich die Lektüre wieder zur Hand, Georg Büchner, Leonce und Lena, und lese sie in einem Rutsch durch, bis es sowieso zu dunkel ist, weiterzumachen. Vielleicht sollte ich auch mal so ein Buch schreiben, denke ich, vielleicht mit einer Geschichtenreihe über mein Studium. Das wäre was! Ich werde sofort damit beginnen!

Als ich nach drinnen gehe, um die ersten Ideen zu notieren, fängt mich Nette ab und fragt, ob ich mit auf die Brücke möchte, Wein trinken. Sie hat extra eine Zweiliterflasche billigen Roten gekauft.

Ich gehe mit.

Zehntes Semester: Exkursion nach Oberbayern

»Das hier ist der Kochelsee«, sagt Frau Professor und streckt präsentierend die Arme aus, als erwarte sie, dass ihr jemand ein historisches Gebälk hineinlegt. Aha, der Kochelsee.

»Genießen Sie den Ausblick!«, befiehlt sie, kneift die Augen zusammen und schaut. Sie schaut. Für etwa drei Minuten. Auf den See. Den Kochelsee. Was mache ich hier eigentlich?

Unsere Gruppe umfasst zwölf Studierende, wir befinden uns auf Exkursion in Oberbayern. Nicht etwa im sagenumwobenen Oberbayern in Pennsylvania, USA, nein, im Oberbayern in Bayern. Ich studiere in Bayern. Wir sind auf Exkursion. Dies führt mich wieder zurück zu der Frage: Was mache ich hier?

Die Reise ging um fünf Uhr morgens los, im Reisebus. Wir wurden vom Busfahrer, einem Jugendfreund unserer Professorin, sie nennt ihn Jockl, er sie Schatzerl, vom Weiterschlafen abgehalten, weil er zahlreiche Informationen zur Landschaft über sein Mikrofon durchsagen musste.

Jetzt ist es neun und wir stehen am Kochelsee. Was soll das?

»Wir sind ein bisschen zu früh«, sagt Frau Professor. »Der Keramikmarkt öffnet erst um zehn Uhr. Aber Sie können den fleißigen Handwerkern und Marktleuten beim Aufbauen zuschauen. Da lernen Sie was, sollte es Sie einmal ins ausstellende Gewerbe ziehen. Das ist auch wichtig für Ihre spätere Arbeit im Museum. Also packen Sie ruhig mit an. Die einfachen Leute freuen sich.«

Mir ist noch immer nicht ganz klar, was eigentlich der Inhalt dieses Faches ist, das ich aus Verlegenheit irgendwann angefangen habe zu studieren. Es nennt sich Europäische Ethnologie und diese Exkursion nach Oberbayern ist schon jetzt das absolute Highlight der letzten fünf oder sechs Semester. Damals im Einführungsseminar ging es um den Nikolaus und jeder sollte aus irgendeinem Grund eine Tasse von zu Hause mitbringen, seitdem habe ich irgendwie den thematischen Faden verloren.

Es wirkt so, als könne in diesem Fach ziemlich genau alles zum Seminarthema erkoren werden, was dem Dozenten grade im Kopf herumschwirrt, wenn er zu einem guten Glas Wein das Semesterprogramm zusammenstellt.

Aktuell ist zum Beispiel im Angebot:

- Der städtische und ländliche Holzgerüstbau
- Fest- und Freizeitkultur im öffentlichen Raum
- Mensch und Tier
- Fußballfangesänge Europas

Was nun genau das Thema der Exkursion nach Oberbayern ist? Keine Ahnung. Auf dem Programm stehen Besichtigungen von Kirchen, Museen, einer Holzschnitzerei und des Keramikmarkts in Kochel am See. Da sind wir nun.

»Ich habe eine Frage«, sage ich.

»Das wundert mich«, sagt Frau Professor. »Sie haben doch noch nie was gefragt.«

»Darf ich trotzdem?«

»Bitte, wem nach Wissen dürstet, dem reiche man …«

»Also, wenn der Ort hier Kochel am See heißt, und der See Kochelsee, dann ist das doch irgendwie redundant. Es müsste korrekterweise Kochel am Kochelsee heißen. Aber das ist ja Quatsch. Dann eher Stadt am, nee, Dorf am Kochelsee. Oder der Kochelsee müsste nur See heißen, damit es Kochel am See heißen kann. So geht das jedenfalls nicht. Allerdings wäre es möglich, dass …«

»Wären Sie nur bei wissenschaftlichen Fragestellungen auch so akribisch«, seufzt sie, dreht sich um und entfernt sich schlurfend von der Gruppe.

»Pause bis zehn Uhr. Helfen Sie den Marktleuten!«, sagt sie im Davongehen.

Fünf Minuten später treffen wir uns zufällig wieder in einem Frühstückscafé.

»Ich sagte doch, Sie sollen den Marktleuten beim Aufbauen helfen«, sagt sie.

»Aber die dachten, ich will was von ihren Schnitzereien klauen und haben mich weggescheucht«, lüge ich.

»Hier gibt es keine Schnitzereien, das ist ein Keramikmarkt«, sagt sie spitzfindig.

»Aber es gibt auch Schnitzereien aus Keramik«, behaupte ich.

»Wissen Sie überhaupt, was Keramik ist?«

»Ja. Daraus macht man Blumentöpfe.«

»Wieso sind Sie überhaupt auf dieser Exkursion dabei?«

»Weil ich laut Studienordnung vier Exkursionspunkte brauche. Also viermal einzeln ins Museum nach Schweinfurt oder einmal hierher. Ich dachte, das hier wäre vielleicht angenehmer.«

»Aha, dachten Sie also. Sie sind mir ja einer. Lügen mir hier was vor. Aber ich sitze am längeren Hebel! Sie schreiben heute den Exkursionsbericht.«

»In Ordnung. Kann ich mal den Zucker auf Ihrem Tisch haben?«

Und wie Sie wissen, Frau Professor, haben Sie mir dann den Zucker vorenthalten, mir den Rücken zugedreht und so getan, als würden Sie Zeitung lesen. Da Sie mir keine näheren Anhaltspunkte gegeben haben, wie ich den Exkursionsbericht zu verfassen habe, dachte ich, ich mache das mal ganz kreativ auf diese Weise, Abenteuergeschichte, erste Person Singular, Präsens, das ist immer das Einfachste, ab und an ein innerer Monolog eingestreut, Sie sollen sich beim Lesen ja auch ein bisschen in mich hineinversetzen können, dann noch ein bisschen unnötiger Spannungsaufbau hier und da, fertig. Was wird wohl als nächstes geschehen? Werden die tapferen Studenten den fleißigen Marktleuten wie befohlen beim Aufbau ihrer Blumentöpfe helfen, sodass der Keramikmarkt pünktlich um zehn Uhr öffnen kann? Oder steht ein Unglück sondergleichen bevor, das Kochel am See erschüttern wird? Muss der Markt möglicherweise erst zehn nach zehn öffnen, oder wird es gar … Regen geben? Lesen Sie alles das und viel mehr auf der nächsten Seite.

Wie finden Sie das? Übrigens ist die direkte Ansprache des Lesers zwar allgemein ungewöhnlich, aber was Günter Grass in der Blechtrommel kann, kann ich schon lange. Ha! Hahahaha! Ob ich wohl auch mal so viele Bücher wie Grass verkaufen werde?

Frau Professor sieht in diesem Moment irritiert vom Blatt auf. Wenn sie E-Mails mit Textanhängen bekommt, lässt sie sich diese immer ausdrucken, da sie altersbedingt mit Computern nicht so gut umgehen kann.

Jetzt regt sie sich über das Wort »altersbedingt« im letzten Satz auf. Sie beschließt, erst einmal Luft zu schnappen, legt dieses Blatt beiseite und öffnet ein Fenster.

Hello again, Frau Professor! Na, ordentlich Frischluft getankt? Der Exkursionsbericht geht hiermit zackig weiter.

Es ist zehn Uhr und der Keramikmarkt schafft es tatsächlich, pünktlich zu öffnen. Wow! All die Keramikdinge sind supidupitoll. Ich verliebe mich spontan in einen Gartenzwerg, kaufe ihn und überlege kurz, ihn meiner Professorin zu schenken, die würde sich sicher freuen. Ich meine meine absolute Lieblingsprofessorin, die ich in Germanistik habe.

Sechs Stunden später:

Wir sind jetzt in einer anderen Stadt, aber immer noch in Oberbayern, zwischendurch sind wir Bus gefahren. Wir sind in einem Museum und stehen alle vor einem Bild mit einem blauen Pferd drauf. Ich überlege spontan es zu kaufen und löse den Alarm aus, als ich es anfasse. Hm, dumm gelaufen. Frau Professor schimpft mit mir und sagt, ich muss jetzt den Exkursionsbericht für die ganze Exkursion schreiben. Menno. Das war echt gemein von Ihnen.

Sechs Stunden später:

Die Nachtruhe in der Jugendherberge war um einundzwanzig Uhr. Bei uns im Jungszimmer halten wir uns daran. Wir sind total ruhig, weil wir Marihuana geraucht haben. Mein neuer Gartenzwerg ließ sich super in eine Bong umbauen. Keramik ist eine tolle Sache. Ich freue mich darauf, auch die weiteren Exkursionstage protokollieren zu dürfen. Das macht mir im Moment total viel Spaß. Morgen gehen wir ins Schwimmbad. Oder ich wünsche mir das nur.

Fortsetzung folgt. Gute Nacht, Frau Professor.

Elftes Semester: Kostbare Erinnerungen

Wenn man eine Stunde lang darüber nachdenkt, wird das Problem vielleicht in der Geisteswissenschaft kleiner, aber nicht beim Wohnungsputz. Nette ist seit fünf Wochen weg, um sich in Indien selbst zu finden. Bevor sie gegangen ist, hat sie gesagt, es wäre ganz gut, die Wohnung wieder so ordentlich vorzufinden, wie sie sie verlassen hat.

»Du klingst wie ein Hinweisschild auf der Bahnhofstoilette«, hatte ich herunterspielend geantwortet. Insgeheim hatte ich aber schon eine böse Vorahnung gehabt, dass die Umsetzung ihrer Vorgabe eventuell schwierig für mich werden könnte.

Drei spontan von mir organisierte WG-Partys, eine davon mit dem Motto »Glamour-Disco«, haben mir die Aufgabe nicht unbedingt leichter gemacht, aber immerhin dafür gesorgt, dass die Wohnung durch die reichliche Bedeckung mit Glitzerstaub nun in vielen hübschen Farben funkelt.

Nette kommt morgen wieder, ich darf keine Zeit verlieren. Los geht's! Ich setze mich an den Computer und suche passende Putzmusik heraus. Nach etwa einer Stunde Zusammenstellungszeit startet die Playlist mit »It's my Party« von Lesley Gore.

Ich habe mittlerweile herausgefunden, dass wir einen Staubsauger besitzen. Er hat, wie die meisten Staubsauger, ein Kabel, das sich von selbst wieder in ihn hineinzieht. Damit hat er meinen sportlichen Ehrgeiz geweckt.

Im direkten Duell Mensch gegen Maschine habe ich alle Tauziehduelle mit Leichtigkeit gewonnen. Das Problem an der Sache ist aber, dass ich ihn, wenn die Ordnungsmacherei irgendwann geschafft ist, wieder kompakt im Schrank verstauen werde müssen und damit wird der letzte Sieg an ihn gehen.

So ist das irgendwie immer, wenn ich meine Kräfte an Gegenständen messe, am Ende ziehe ich den Kürzeren. So wie damals als Kind beim Tennisspielen gegen das Garagentor. Zwar konnte ich immer ein paar Punkte gut machen, wenn die Garage den Ball ins Aus spielte. Aber logischerweise stand ich dann in einem ungünstigen Winkel, um den Ball rechtzeitig abfangen zu können, bevor er entweder in der stacheligen Hecke des Nachbarn landete, in der ich mir bei der anschließenden Suche diverse Stichverletzungen und Eichhörnchenbisse einfing, oder auf der stark abschüssigen Straße. Ich wäre häufig fast überfahren worden, als ich übereifrig dem Ball hinterher sprintete. Einmal rannte ich sogar in eine sehr langsam bergauf Fahrrad fahrende alte Frau hinein und warf sie dabei aus Versehen um.

»Die Garage war schuld«, sagte ich erst ihr, dann der Besatzung des Rettungswagens und wenige Tage später den Hinterbliebenen an ihrem Grab.

»Die Garage, ja, natürlich«, sagten sie, und dass die Erbschaft sie schon trösten würde. Hach ja, Erinnerungen.

Den Staubsauger will ich jedenfalls nicht mehr sehen, er lenkt mich zu sehr ab. Und der richtige Zeitpunkt für seinen Einsatz ist sowieso noch nicht gekommen, noch ist der Boden nicht sichtbar. Ich habe eine brillante Idee, wie ich einen Schritt weiter kommen und mich selbst motivieren kann:

Ich fotografiere jeden Raum einzeln und poste die Bilder im extra angelegten Fotoordner »Wohnungsputz: vorher«

bei Facebook. Die ersten Kommentare, die ich dafür erhalte, stimmen mich nicht unbedingt optimistisch: »Uiuiui«, »Du Schwein«, »Das war es wohl mit der Mietkaution.« Von fünf Leuten werde ich umgehend entfreundet. Ich muss unbedingt dafür sorgen, dass ich sie mit dem Nachher-Album wieder zurückgewinne. Ich werde ihnen die Fotos per E-Mail schicken müssen, oder echte, entwickelte Bilder per Post. Das letzte Mal habe ich das getan, also ein Foto in einem Brief verschickt, als ich um 1996 meiner Brieffreundin Tanja aus Lauf an der Pegnitz, die ich im Schullandheim kennengelernt und einmal verschämt auf die Backe geküsst hatte, meine neue Frisur zeigen wollte. Mein Kopf sah mit dieser Frisur aus wie eine Ananas und Tanja hat mir nie eine Antwort geschickt. Hach ja, Erinnerungen. Vielleicht sollte ich mich mal wieder bei ihr melden. Ich versuche, mich an ihren Nachnamen zu erinnern und googele sie heftig durch.

Zwei Stunden später: Ich arbeite nun sehr strukturiert. Um eine bessere Übersicht zu bekommen, habe ich zunächst einmal kleine Häufchen gemacht, sortiert nach Art oder Farbe der Sachen, die herumlagen. Es gibt zum Beispiel einen Zigarettenstummelhaufen, einen Plastikhaufen, einen blauen Haufen, drei Klamottenhaufen (Buntwäsche, Weißwäsche und Wäsche, die nicht mir gehört), einen Scherbenhaufen und zwei Essenshaufen (vielleicht noch essbar und bestimmt nicht mehr essbar).

Ich fotografiere alle Haufen und verleihe ihnen mit Instagram ein jeweils völlig einzigartiges, passendes Design. Der nicht-mehr-essbar-Haufen sieht jetzt zum Beispiel so aus, als läge er 1960 in Chicago, der Zigarettenhaufen leuchtet punktuell grell rosa und ist teilweise unscharf. Wozu gibt es überhaupt Fotografenausbildungen, wenn das alles so einfach geht? Ich will mir im Internet Abzüge auf Postergröße bestellen. Der Preisvergleich zwischen den einzelnen Anbietern nimmt mich zeitlich ziemlich in Anspruch.

Zwei Stunden später: Ich habe die drei Klamottenhaufen wieder zusammengeschmissen und mir aus ihnen eine Höhle gebaut. Ich muss mich erst mal ausruhen, lege mich hinein, kuschele mich in einen Mantel mit Kuhflecken und schlafe ein.

Acht Stunden später: Es waren gar keine Kuhflecken, ich muss dringend duschen. Beim anschließenden Zähneputzen laufe ich durch die Wohnung und entwerfe einen perfekten Plan, um das meiste sauber zu bekommen und all das, was ich nicht rechtzeitig schaffen werde, nahezu unsichtbar zu machen. Jetzt muss es wirklich schnell gehen. Der Plan besteht hauptsächlich daraus, eine Pipeline in den Hinterhof zu errichten. Ich setze mich an den Schreibtisch und fertige eine detail- und maßgetreue Bleistiftskizze an. Auf der Suche nach einem Radiergummi finde ich in der untersten Schublade meines Schreibtischs mein Französischbuch aus der siebten Klasse, »Etudes Françaises: Echanges«, und ein Panini-Sammelalbum der Fußball-WM 1990. Ich habe damals alle Bilder zusammengesammelt und ein Vermögen an D-Mark dafür ausgegeben.

»Hach ja, Erinnerungen«, sage ich wehmütig vor mich hin und beginne, die hart gewordenen Seiten durchzublättern. Alle sind sie da, die Helden meiner Kindheit, von damals, als Fußball noch Fußball war und kein Kaufladenzirkus. Alle sind sie … Pierre Littbarski fehlt! Wie konnte das passieren? Ausgerechnet Pierre Littbarski, der Torschütze zum 1:0 in der 88. Minute im bedeutungslosen, letzten Vorrundenspiel gegen Kolumbien. Endstand 1:1. Wo ist er? Das Album lag mindestens fünfzehn Jahre in dieser Schublade, ich habe sie beim Umziehen nie ausgeräumt. Er muss noch irgendwo da drin sein. Statt Pierre Littbarski finde ich ein Freundschaftsalbum aus der zweiten Klasse. Gregor gibt an, Feuerwehrmann werden zu wollen, Katja Pferdedoktor, Henrietta schreibt mir aufs letzte Blatt, weil sie mich am liebsten hat.

»Hach ja«, sage ich wieder zu mir selbst. »Erinnerungen. Was kann es Schöneres geben?«

»Eine aufgeräumte Wohnung!«, kreischt Nette hinter mir. Ich habe sie gar nicht kommen hören. Oh.

Wir führen das kürzeste Gespräch, das wir je hatten.

»Nette. Du bist wieder da! Wie war's in Indien? Hast du dich selbst gefunden?«

»Was hast du hier angestellt?«

»Weißt du vielleicht, wo mein Pierre Littbarski von 1990 ist?«

»Ich ziehe aus!«, beendet sie das Gespräch und ist verschwunden.

Es war auch das letzte Gespräch, das wir je hatten.

Hach ja, Erinnerungen.

Dreizehntes Semester: Prüfungsamt

Ursprünglich hatte ich gedacht, es sei eine gute Idee, meine Diplomarbeit anzumelden, *bevor* ich sie schreibe. Druck aufbauen und so. Es war keine gute Idee! Aber in den letzten anderthalb Jahren bin ich immerhin Experte im kreativen Umgang mit Studienordnung und Prüfungsordnung geworden. Ich kenne jeden Paragraphen, jede Fußnote und jede Ausnahmeregelung auswendig und beherrsche dadurch alle Kniffe, um weitere Verlängerungen der Bearbeitungszeit herauszuschlagen. Ich denke sogar darüber nach, eine Beratungsagentur für Prokrastinierer wie mich zu gründen. Das hält mich wiederum vom Schreiben an der Diplomarbeit ab. Es ist ein Teufelskreis.

Die Damen vom Prüfungsamt sind wie immer nett zu mir und bieten mir Plätzchen an, als ich meinen nagelneuen Verlängerungsantrag vorbeibringe. Wir sind mittlerweile per Du. Heute habe ich wieder einen kleinen Porzellanhund für Gerlinde dabei, sie sammelt sie auf dem Fensterbrett, freut sich immer sehr und stellt im Gegenzug keine Fragen. Was ich denn die letzten vier Wochen über so gemacht habe, will sie aber doch wissen. Wir tauschen uns also über die neusten amerikanischen Serien aus und schicken alle Studenten, die etwas Wichtiges abholen oder vorbeibringen wollen, nochmal nach draußen.

Mittlerweile sage ich wieder *Studenten* statt *Studierende*, um zu unterstreichen, dass ich als Diplomer sozusagen der alten Schule angehöre und mich selbstbewusst über korrekte Genderierung hinwegsetzen kann.

Gerlinde und ich lesen uns die Bachelor-Studienordnung durch und lachen herzhaft über Anwesenheitspflichten und die geforderte Anzahl der Semesterwochenstunden.

»Bei mir hat es das nicht gegeben, das war früher noch alles besser«, sagen wir synchron. Gerlinde ist zwanzig Jahre älter als ich.

Zwei Tassen Tee später verabschiede ich mich, gehe nach draußen und stoße prompt auf meine Professorin, die mit einer braunen Papiertüte spazieren geht, aus der eine Brokkolistaude herausragt.

»Wollten Sie nicht im Oktober mal wieder Ihre Diplomarbeit abgeben, Herr Ritter?«, fragt sie. Wir lachen beide über ihren spitzen Humor und gehen eine Weile nebeneinander am Fluss entlang.

Ich werfe den Enten Brotkrumen zu, die ich in meiner Manteltasche immer bei mir trage und sie erzählt, dass ein einzelner Computer in ihrer Jugend einen ganzen Raum gefüllt hat und sie damals noch aufwändig mit Lochkarten arbeiten musste. In jedem Seminar, das ich bei ihr hatte, hat sie das mindestens fünfmal erzählt, dann hat sie immer eine Lochkarte an die Tafel gemalt, damit man sich vorstellen konnte, was das eigentlich ist und wie das funktioniert.

Als alle Brotkrumen verworfen sind, sage ich, dass ich mich wieder an die Arbeit machen muss, sie soll ja bald was zu lesen haben.

»Ach, das ist nicht so dringend«, sagt sie. »Soll ich Ihnen mal das Prinzip der Lochkarte erläutern?«

Ich lasse sie und ihren Brokkoli stehen und gehe mit dem nächstbesten Mädchen auf die Unitoilette, Knutschen und Fummeln. Mittlerweile bin ich Tutor.

Brunzplörre

Ich: »Sie haben gar keine Club Mate mehr im Programm, gell?«
Sie: »Das ist doch das neumodische Getränk, das ...«
Ich: » ... das ich immer kaufe.«
Sie: »Ich hab das probiert! Ekelhaft war das!«
Ich: »Na ja ...«
Sie: »Eine Plörre! Sausüß. Das kann man ja nicht trinken!«
Ich: »Sie sprechen von Red Bull, oder?«
Sie: »Nein, nein. Ich hab's probiert, das Mategesöff. Zum Schaudern!«
Ich: »Also gibt's das hier jetzt nicht mehr bei Ihnen?«
Sie: »Da hat's mich geschüttelt, als ich das getrunken hab. BRRRR.«
Ich: »Hallo?«
Sie: »Eine BRUNZPLÖRRE!«
Ich: »Das ist aber keine gute Verkaufsstrategie.«
Sie: »Sie kommen doch eh jeden Tag und kaufen irgendwas.«
Ich: »Stimmt auch wieder. Also Club Mate ist raus?«
Sie: »Dreckspfützenwasser!«
Ich: » ... «
Sie: »Morgen kommt die neue Lieferung.«
Ich: »Danke.«

Ich will eine Leitgazelle sein

Ich gehe selten zum Arzt. Wenn doch, muss es wirklich schlimm um mich stehen. Ich bin schon mannhaft zwei Wochen lang mit einem gebrochenen Schienbein durch die Gegend gelaufen, bis ein zufällig anwesender Sexualkontakt mich darauf aufmerksam gemacht hat, dass der Winkel da unten nicht mehr ganz stimme. Der Körper regelt das schon wieder selbst, das denke ich mir immer, und meistens ist es so. Damals haben es drei komplizierte Operationen geregelt, aber das ist ein anderes Thema.

Es trug sich aber zu, dass ich mir irgendeine Art verheerenden grippalen Infektes eingefangen hatte, was mir einige Tage Fieber über vierzig Grad bescherte. Nachdem weder Selbstbehandlung mit Wechselduschen noch mit warmem Bier aus dem Ofen etwas gebracht, sondern die Sache eher verschlimmert hatten, dachte ich mir also: Wäre doch schade, wenn ich nicht *ein*mal diese Praxisgebühr bezahlt hätte, bevor sie wieder abgeschafft wird. Also ab zum Onkel Doc.

Es gab mal eine Sat.1-Serie mit dem Titel *Hallo Onkel Doc*. Ich habe einen besonderen Bezug zu ihr, denn der Arzt in der Serie hieß so wie ich, Christian Ritter, Dr. Christian Ritter. Er war engagiert, aufopferungsvoll, hatte ein Milchbubigesicht und war sehr kinderlieb. Wir hatten also nicht sehr viel gemeinsam. Aber ich habe mir immer vorgenommen, dass, sollte ich mal wieder in einem Arztwartezimmer Platz nehmen, ich davon erzählen würde. Da Wartezimmereinsitzende, so meine Vorstellung, auch in ihrer Freizeit nichts anderes tun als von früh bis spät Arztserien anzusehen, wären sie sicher beeindruckt.

Ich betrat also fiebrig-schwitzend das Wartezimmer, in dem sich acht Personen befanden und sagte aus halber Brust: »Mein Name ist Christian Ritter.«

Der erwartete Applaus blieb aus, aber ein alter Mann lupfte die Mütze und sagte: »Karl Schmidt, angenehm. Sie können da drüben sitzen.«

Er wies auf einen Platz sehr weit von sich entfernt. Ich fügte mich also in die Rangordnung, nahm Platz, registrierte kurz noch, dass ein Fernseher in der Wartezimmerecke auf lautlos gestellt eine Tierdokumentation zeigte und schlief dann ein.

Als ich wieder aufwachte, saßen immer noch die gleichen Leute um mich herum, es war aber eine Stunde später.

»War noch keiner von Ihnen dran?«, fragte ich und bekam gleichgültiges Kopfschütteln zur Antwort.

»Ist das … üblich?«

Schulterzucken.

»Vielleicht sollte mal jemand … nachfragen?«

»Ja, das sollte mal jemand«, sagte Karl Schmidt und sah wieder zum Fernseher.

Eine Gazellenherde wurde beim Grasen in einer ausgetrockneten Wüste gezeigt.

»Aber es wird schon seine Richtigkeit haben«, beendete er lange Zeit später seinen Satz.

Eine weitere lange Zeit ohne Aufrufe später war mir nach etwas Konversation:

»Wissen Sie, Herr Schmidt, damals, als *Hallo Onkel Doc* auf Sat.1 lief, da lief auch *Für alle Fälle Stefanie*, und die

Hauptfigur war Schwester Stefanie, und meine Schwester heißt Stefanie. Ist das nicht verrückt?«

»Da gehen die Gazellen einfach in den Fluss«, antwortete er. »Obwohl Krokodile drin sind.«

Eine bislang unbeteiligte Frau schüttelte resigniert den Kopf und sagte: »Diese Gazellen!«

Da kam mir ein handfester Gedanke: Man sollte einfach öfter mal aus der Perspektive einer Gazelle denken. Ich habe noch keine Tierdoku über Gazellen gesehen, bei der sie nicht alle in den Krokodilfluss gesprungen wären. Als ob es in ganz Afrika oder wo die leben keinen einzigen Fluss ohne Krokodile geben würde. Nein, die gehen immer genau da durch den Fluss, wo die Krokodile sind. Obwohl das vielleicht nicht die beste Idee ist. Und das ist der Knackpunkt: Keine von den Gazellen kommt von selbst darauf, das mal irgendwie anders zu regeln. War ja schon immer so.

Erst versammelt man sich am Ufer, grast noch ein bisschen herum und dann: Alle ab durch den Fluss. Jede einzelne Gazelle weiß: »Okay, meine Chancen, nicht von den Krokodilen geschnappt zu werden, liegen so bei 5:1, eigentlich ganz gute Aussichten, hoffentlich fressen sie meine Mutter und nicht mich. Ach nee, die wurde ja schon im letzten Fluss gefressen. Also ab ins Wasser. Erfrischt ja auch nebenbei.«

Ich als Leitgazelle würde die Sache grundsätzlich anders angehen und mal was Neues ausprobieren. Man könnte mit vereinten Gazellenkräften einen Baum umschubsen und einfach *darüber* über den Fluss gehen. Oder sich irgendein herumstreunendes Löwenbaby ausgucken, ihm zusammen nachjagen und das dann in den Fluss treiben, damit die Krokodile schon beschäftigt und beim Essen sind und man freundlich grüßend und guten Appetit wünschend an ihnen vorbei spazieren könnte. Ich würde die Gazellenkultur voranbringen, aber mich fragt ja keiner. Ich wäre eine gute Leitgazelle. Anders als zum Beispiel Angela Merkel. Man sagt ja immer, die schaut sich alles an und beobachtet und analysiert und im besten Fall hat sich die Sache dann von selbst erledigt und irgendein Minister ist sein Amt los, bevor sie was dazu sagen muss. Als Leitgazelle stünde Angela Merkel also am Flussrand und würde eine ihr untergebene Gazelle nach der anderen hineintreiben, um die Lage zu analysieren. Dann würde sie nüchtern feststellen: »Gefressen, gefressen, ertrunken, Bein gebrochen, von der Strömung weggeschwemmt, gefressen, drüben angekommen, gefressen.« These: Es ist möglich, zu überleben. Und gleich die nächsten zehn rein, um das zu überprüfen. Hopp!

Ich als Leitgazelle würde einfach den Ton angeben. So wird's gemacht, im Sinne aller, den ich bestimme. Ich will eine Leitgazelle sein.

»Sie wollen was?«, fragte Karl Schmidt.

Ich hatte das anscheinend alles laut gesagt.

»Aber ich stehe dazu«, sagte ich. »Ich bin jetzt die Leitgazelle. Und ich werde uns alle hier rausholen, die ganze Herde. Ich nehme die Sache in die Hand. Keiner muss durch den gefährlichen Fluss.«

Ich stand auf, hustete großflächig ab und kämpfte mich durch die Wartezimmertür an den Empfangstresen.

»Da war seit ner Stunde keiner mehr beim Arzt drin«, sagte ich der Gehilfin.

»Ach? Na, dann hab ich wohl vergessen, jemanden aufzurufen. Im Fernsehen läuft eine so interessante Dokumentation über Gazellen. Ich komme gleich mal mit.«

Karl Schmidt wurde als Erster zum Onkel Doc durchgelassen. Auf dem Weg aus dem Raum machte er bei mir Halt. Ich erwartete, dass er mir die Hand geben und sagen würde: »Christian Ritter, Sie sind eine echt gute Leitgazelle.«

Er machte bei mir Halt, schüttelte den Kopf und sagte: »Eigentlich war ich nur zum Fernsehgucken hier.«

Only Me

»Facebook ist ein schlimmer Zeiträuber und kann zu Suchterscheinungen führen.
Aber alles hat zwei Seiten: Hätte Goethe schon Facebook gehabt, hätte das uns wohl zumindest den Faust 2 erspart.«
(Richart N. Streit)

Ich erzähle Ihnen jetzt mal was, das Ihr Leben auf den Kopf stellen wird. Sie werden hinterher nicht mehr der-/die-/dasselbe sein, halten Sie sich jetzt fest! Mir ist da neulich was aufgefallen. Es geht um die Sichtbarkeit von Facebook-Statussen. Natürlich weiß ich, dass der Plural von Status Status ist, mit Betonung auf dem u, aber dies ist ein integrativer Text, ich will niemanden von der Botschaft ausschließen, auch dumme Leute nicht, also sage ich Statusse, damit mich alle verstehen. Es geht also um die Sichtbarkeit von Facebook-Statussen.

Wenn Sie nicht wissen, was das ist, Facebook-Statusse, fragen Sie bitte einen passierenden Menschen Ihrer Wahl, der wird es Ihnen mit Freude und Hingabe erklären. Wobei Sie wahrscheinlich entweder sehr alt oder sehr unsozial sind, wenn Sie nicht wissen, was Facebook-Statusse sind, also redet man eventuell nicht gerne mit Ihnen, dann sollten Sie etwas aufdringlicher sein, verbal, nicht körperlich, oder es einfach googeln.

Wobei, wenn Sie nicht wissen, was Facebook-Statusse sind, sind Sie möglicherweise so ein Typ, der ein Riesenbrimborium und Rumtata um seine Privatsphäre und seine persönlichen Daten und so weiter macht, dann werden Sie weder Facebook noch Google vertrauen und außerdem immer die Webcam auf Ihrem Laptop abgeklebt haben, weil Sie da ständig jemand beobachten kann. Man kann nicht vorsichtig genug sein! Dann sind Sie wohl auch so einer, der Suchmaschinen benutzt, deren Logo ein nachwachsender Baum ist und die bei jeder Sucheingabe einen Panda adoptieren oder einen Quadratmeter Algen pflanzen. In diesem Fall fragen Sie bitte einfach Ihre Verschwörungstheoretikerkollegen oder Ihre Umweltaktivistendudes, was so ein Facebook-Status ist, die werden es zwar vielleicht auch nicht wissen, aber es geht ja im Grunde genommen immer nur darum, überhaupt miteinander zu diskutieren, nicht?

Das kann man übrigens ganz gut auf Facebook. Es sei denn, man wählt die Option, die – ich glaube, ich habe es schon mal erwähnt – ich kürzlich bei den Facebook-Status-Einstellungen entdeckt habe. Dort kann man die Sichtbarkeit seiner selbstproduzierten Neuigkeiten regeln. Sichtbar für die ganze Welt, nur für meine Freunde, für meine Freunde und deren Freunde oder, jetzt kommt's, aufgepasst, und darüber war ich doch ein bisschen erstaunt: Sichtbar nur für mich selbst.

Man kann Facebook-Statusse nur für sich selbst verfassen und sie nur ganz alleine lesen und sich darüber freuen, dass niemand anderes es mitbekommt. Das ist doch was, was Neues, was Sinnvolles, was Revolutionäres, das eröffnet weitreichende Möglichkeiten.

Wie oft habe ich mir schon gedacht, wenn ich ein interessantes Geräusch produziert oder irgendetwas Abenteuerliches mit Streichhölzern oder Bauchnabelfusseln gebaut habe: Ja, ist schon ziemlich cool, das würde ich gerne irgendwem anvertrauen. Aber andererseits wäre es mir dann vielleicht doch irgendwie zu peinlich.

Genau dafür gibt es meiner Auffassung nach diese Funktion. Man vertraut seinem parasozialen Freund Facebook Vertrauliches an, um es irgendwem anvertraut zu haben.

Ich zum Beispiel säubere gerne mit Zahnbürsten Computertastaturen. Man hört ja immer so viel darüber, wie dreckig das in Computertastaturen zugeht, da sammelt sich einiges an: Hautschuppen, Haare, Körperflüssigkeiten, Insekten und so weiter. Deshalb habe ich zu Hause eine eigene Zahnbürste, die ich nicht für meinen Mund, sondern für meine Tastatur benutze, weichborstig natürlich, und führe regelmäßig eine Tiefenreinigung durch. Meine Tastaturzahnbürste nehme ich nicht überall mit hin, allerdings überkommt mich auch mal andernorts bei fremden Leuten oder Freundesleuten das Bedürfnis, deren Computertastatur zu säubern, wenn ich sehe, dass sie sehr dreckig ist. Natürlich weiß ich auch, wo man in fremden Wohnungen mit hoher Wahrscheinlichkeit Zahnbürsten findet. Die Leute wären mir dankbar, wenn sie wüssten, was ich für die Hygiene ihres Arbeitsplatzes tue, könnten aber vielleicht nicht das größte Verständnis dafür aufbringen, dass ich die Zahnbürsten nach der Reinigung einfach wieder in den Zahnputzbecher stelle. Daher habe ich das noch nie jemandem erzählt, bis ich die Facebook-Einstellung »Nur ich darf es lesen« gefunden habe. Seit ich es dort losgeworden bin und mit dem Wissen darum, dass natürlich Facebook selbst das irgendwie mitlesen kann, fühle ich mich doch in gewisser Weise besser, weil ich es jemandem anvertraut habe.

Ich kann das nur jedem empfehlen. Es ist das gleiche Prinzip wie bei einer Beichte, aber man muss nicht aus dem Haus und danach aufwändig und unbequem auf der harten Holzbank kniend beten, um die Sünden wieder loszuwerden.

Ich bin jetzt so ziemlich komplett dazu übergegangen, bei Facebook nur noch für mich selbst zu schreiben. Weiterer Vorteil: Ich muss keine Einkaufszettel mehr auf konventionellem Weg verfassen und schone somit die Umwelt. Ich poste auch Bilder, die mir gefallen, aber von denen nicht unbedingt jeder wissen muss. Bilder von Selena Gomez beim Schuheshoppen, oder von süßen kleinen Hamstern, die ihre Schnäuzelchen gegeneinander stupsen. Außerdem schreibe ich mir selbst super Motivationssprüche, zum Beispiel: »Alle, die das lesen, sind toll.« Und der größte Vorteil ist, dass sich niemand beschwert, wenn man den eigenen Status liket.

Das alles ist so fantastisch, dass ich nur allen Facebook-Nutzern dringend empfehlen kann: Macht mit! Springt auf! Seid dabei! Und behaltet öfter mal was für euch!

FSK, 1

Ich bin bei einer Grundschulklasse zu Besuch und schreibe mit den Kleinen ein paar Texte. Es geht hauptsächlich um Pferde, Vampire und Superhelden. Ich knie neben einem Siebenjährigen und lese seine Geschichte durch.

Ich: »Deine Hauptperson hat aber einen komischen Namen.«
Er: »Der ist aus einem Computerspiel, das ich immer spiele.«
Ich: »Kenne ich nicht.«
Er: »Ist auch erst ab achtzehn.«

Da könnt ich mich aufregen

Wie wir es an jedem Feierabend taten, saßen meine Freundin Aygül und ich uns am Küchentisch gegenüber, tranken Gin Tonic und Absinth Spritz und surften jeder für sich auf unseren MacBooks im Internet. Ab und an schickten wir uns gegenseitig lustige Links und kicherten dann zusammen und einmal haben wir uns sogar bei Chatroulette getroffen, das war sehr lustig.

»Hier schau mal, voll der Assihonk«, sagte ich und schickte Aygül den Link zu einem YouTube-Video. »Dem hab ich grade nen Daumenrunter gegeben.«

»Oh ja, der ist wirklich total scheiße«, stimmte Aygül zu. »Dem geb ich auch sowas von nem Daumenrunter, ich klick extra fest auf die Maus!«

»Euch junge Leute werde ich nie verstehen«, mischte sich meine Mutter ein, die unter dem Tisch kniete. Sie kommt immer donnerstags zum Putzen vorbei und war gerade bei der Bodenreinigung zwischen unseren Füßen angekommen. Besonders hartnäckige und festgetretene Essensreste waren da, darauf hatte ich sie schon aufmerksam gemacht, als sie mit ihrem klapprigen Fahrrad angekommen war.

»Wie könnt ihr diesen armen Leuten einfach so mir nichts dir nichts einen Daumenrunter geben? Die haben sich doch so viel Mühe gegeben, damit man ihre Filme auf YouTube ansehen kann. Ein bisschen Respekt sollte man da ja wohl erwarten.«

»Putz weiter, davon verstehst du nichts«, sagte ich. »Hinter dir ist noch ein großer Suppenfleck.«

»Wir regen uns eben gerne gemeinsam auf«, sagte Aygül und fasste damit das Fundament unserer Beziehung recht gut zusammen.

»Also wirklich«, sagte meine Mutter und streckte den Kopf über die Tischplatte, »das ist echt nicht nett von euch. Und so überhaupt: Ihr könnt doch nicht ernsthaft nur deswegen etwas Schlechtes ansehen, damit ihr euch darüber aufregen könnt?!«

»Doch«, sagte Aygül und ich fasste in Gedanken zusammen, welche derartigen Erlebnisse wir schon miteinander geteilt hatten: Ein Silbermond-Konzert, die komplette Lothar-Matthäus-Dokusoap, einen Parteitag der CSU, sämtliche Shows von Jörg Pilawa, die internationale Jägermesse *Jagd & Hund*.

»Das ist ja vollkommen pervers«, sagte meine Mutter.

»Eigentlich«, sagte Aygül, »wäre das eine ganz gute Geschäftsidee.«

Ich stimmte ihr versonnen nickend zu und sagte: »Putz weiter, Mutter!«

Durch dieses Gespräch war der Grundstein für eine einzigartige Erfolgsgeschichte gelegt. Wenige Tage später gründeten Aygül und ich eine Firma, deren Geschäftsmodell es war, Leute zusammenzubringen, damit sie sich gemeinsam so richtig schön aufregen können. In der Firmenphilosophie auf unserer Homepage hielten wir fest:

Im Zuge der Eventisierung des Alltags haben wir es uns zur Aufgabe gemacht, die Wut vieler an einem Ort zu zentralisieren und zu kanalisieren, um sie in einem beispiellosen Gemeinschaftserlebnis loszuwerden.

Wir begannen damit, Poetry Slams zu veranstalten, bei denen nur sozialkritische Texte von Jugendlichen in ihrer Findungsphase oder Liebesgedichte mit offensichtlichem, persönlichem Bezug vorgetragen werden durften. Ein voller Erfolg. Dann gingen wir eine Stufe weiter, eher in den Bereich Aktionskunst:

Wir ließen aus Thailand eine Handvoll Ladyboys einfliegen, die wir so lange an Baustellengerüsten vorbeilaufen ließen, bis sich sämtliche Maurer umdrehten und ihnen hinterherpfiffen. Dann ließen sie die Hosen runter. Da war der Verschleiß aber ziemlich hoch, also entwickelten wir eine neue, reifere Idee:

Wir organisierten Single-Partys. Besonders spezielle Single-Partys, nur für besonders verzweifelte Langzeitsingles. Zu jeder Party wurde als besonderes Schmankerl ein glückliches Paar eingeladen, das noch dazu sehr gut aussah, das waren die Voraussetzungen. Die beiden wunderhübschen, sich innig liebenden Menschen saßen dann auf der Bühne inmitten der Frustrierten, bekamen besseren Sekt als alle anderen und sagten Dinge wie: »Wir kennen uns seit siebzehn Jahren, sind seit fünfzehn Jahren verheiratet und verliebt wie am ersten Tag. Außerdem lieben wir uns auch immer noch jede Nacht heiß und innig.«

Und dann wurden die Steine an das Publikum verteilt. Voller Erfolg!

Wir begannen dann, Konzerte zu veranstalten, bei denen die falsche Band angekündigt wurde. Besonders impulsiv fiel die Reaktion der Zuschauer aus, als sie der Meinung waren, Metallica käme gleich auf die Bühne, dann war es aber doch nur Daniel Küblböck, der einen Zauberhut trug und Amy Macdonald coverte. Das erklärt auch, warum man von ihm seitdem nichts gehört hat.

»Das Geschäft läuft echt rund«, sagte Aygül, als wir, wieder an einem Feierabend, auf unseren Liegen im Garten lagen und uns mit Wodka-Jacky und Wodka-Wodka zuprosteten. »Aber wir brauchen dringend noch mehr Ideen.«

»KINDER!«, schrie meine Mutter, die neben uns mit der Heckenschere im Baum herumturnte und gefährlich in Schieflage geraten war. »KINDER! DIE LEITER! KINDER!«

Aygül und ich sahen uns einen langen Moment an und dachten über das Gehörte nach.

»Das ist es!«, sagte Aygül. »Das ist hervorragend.«

Wir planten also unsere erste Veranstaltung für Kinder. Dabei verfuhren wir nach ähnlichem Prinzip wie bei unserem Erfolgsmodell, den Konzerten.

Angekündigt waren Kasperle und Räuber Hotzenplotz, dann kamen aber Helmut Schmidt und Sandra Maischberger auf die Bühne und führten ein Gespräch mit sehr langen Pausen.

»Der alte Mann ist scheiße! Warum ist der noch nicht tot?«, schrie schon recht bald eines der Kinder und die anderen stimmten umgehend mit ein und skandierten, dass möglichst bald das Krokodil kommen und den alten Mann und die Hexe fressen solle. So sind Kinder eben, immer frei heraus. An ein Krokodil hatten wir bei der Planung leider nicht gedacht, aber wir hatten ja noch die Steine von den Single-Partys.

Besonders einfach gestaltete sich die ganze Aufregungssteuerungssache auf dem Gerüchte-Segment mit leichtgläubiger Zielgruppe. Wir mussten zum Beispiel nichts anderes tun, als in einem Technikblog geheimnisvoll zu schreiben, dass es »irgendwas Neues und Revolutionäres« von Apple gäbe. Umgehend bildeten sich vor allen Apple-

Stores weltweit frühmorgens lange Schlangen mit fensterglasbrillentragenden Menschen, die Bargeld und Kreditkarten schwenkten, um das mysteriöse Produkt als Erste in Händen halten zu können.

»Whatever it is, I'll take three of them«, kommentierte der berühmte Erste in der Warteschlange in New York in eine Kamera.

Die Enttäuschung kannte keine Grenzen, als die Wartenden erfuhren, dass sie sich umsonst krankgemeldet hatten, da derzeit gar nichts Neues und Revolutionäres in Planung sei. Die kollektive Aufregung steuerte die Massen ziellos durch die Städte, mit nur einem Ziel: Ihre Ersparnisse sonstwem in den Arsch zu schieben, nur nicht Apple. Im Endeffekt führte die Aktion dazu, dass Samsung Weltmarktführer im Smartphone-Bereich wurde.

Nachdem wir das alles ohne größere Mühen hinbekommen hatten, stellten Aygül und ich fest, dass es für uns nicht mehr viel zu erreichen gab. Man soll aufhören, wenn es am schönsten ist. Wir trennten uns, sowohl beruflich als auch privat, da es zwischen uns durch den Erfolg einfach zu harmonisch geworden war. Das konnten wir beide gar nicht ertragen. Eine letzte Aktion war liegen geblieben, die wir noch schnell und höchst erfolgreich abhandelten: Wir lancierten eine Pressemitteilung, in der verkündet wurde, der neue Berliner Großflughafen BER würde bereits in einem halben Jahr eröffnen. Das bleibt als Aufreger immer aktuell, egal, wann man es liest.

FSK, 2

Ich bin bei einer Grundschulklasse zu Besuch und schreibe mit den Kleinen ein paar Texte. Es geht hauptsächlich um Pferde, Vampire und Superhelden. Ich knie neben einem Achtjährigen und lese seine Geschichte durch.

Er: »Ich hab ein Video von dir im Internet gesehen.«
Ich: »Oje. Das ist doch eher für Erwachsene.«
Er: »Die Mama hat es mir gezeigt.«
Ich: »Ach. Welches Video denn?«
Er: »Das mit dem Punkt-Punkt-Punkt. Das war total lustig.«
Ich: »Ähm, ich hab doch gar keinen Text, in dem irgendwas mit Punkt-Punkt-Punkt vorkommt.«
Er: »Doch, die Mama hat immer kurz den Ton ausgemacht und PUNKT-PUNKT-PUNKT gesagt, und dann haben die Leute immer gelacht, als sie den Ton wieder angemacht hat.«
[...]
Ich: »Ach jaaa, der Punkt-Punkt-Punkt-Text!«

Ein großer Schritt

Als ich eines Nachts gegen halb drei mit einem guten Glas Wein, im Frotteemantel und den flauschigen Bärentatzenpantoffeln an den Füßen auf dem Balkon saß, stellte ich mir wie üblich vor, die menschenleere Straße unter mir sei von Menschen gesäumt, die, sich dicht aneinander drängend und reibend, schwitzend und kreischend, Plakate mit meinem Namen darauf schwenkten, mir zujubelten als gäbe es kein Morgen mehr und mir ihre tätowierten Prachtkörper und deren edelste Teile obszön entgegenstreckten. Eine schöne Phantasie, die ich seit Jahren hege und pflege wie das zarte Bonsaibäumchen am gleichen Ort, das ich gelegentlich mit der Nagelschere beschneide und mit selbstausgedachten Gutenachtmärchen beglücke, in denen die Prinzessin zwar meistens grausam stirbt, der unscheinbare Baum sich aber immer als großer Held entpuppt.

So saß ich also, in mir selbst und der stillen warmen Nacht ruhend, den Schwenker zum Munde führend und nichts Böses ahnend, unter der Energiesparlampe und auf der Hollywoodschaukel, deren unabdingbares Gequietsche den Rhythmus meiner Gedanken vorgab und mich daran erinnerte, Schmieröl zu besorgen.

Plötzlich wurde es laut auf der Gasse zu meinen Füßen. Ein Gepolter und Gekeife, ein Rumpeln und Rumoren zog mich jäh in die Realität zurück und ich wurde mir gewahr: Morgen wird der Gelbe Sack abgeholt. Und wie immer in den Nächten vor der Gelbesackkollekte, es scheint mittlerweile eine Art Volkssport zu sein, bahnten sich auch diesmal wieder jugendliche und jungstudentische Grüppchen ihren Weg nicht am Müll vorbei, sondern genau durch ihn hindurch. Die Säcke wurden geschlagen, getreten, als Sprungmatte benutzt und willkürlich weitertransportiert, in Vorgärten und auf Automobilen abgeladen und wie immer fragte ich mich: Warum? Wogegen revoltiert ihr? Was soll der Scheiß?

Der aktuelle Zerstörungstrupp näherte sich mir und stimmte tumbe Gesänge an: »Olé, Olé«, »Schland, Schland«, »Einst ging ich am Ufer der Donau entlang, ein schlafendes Madel am Ufer ich fand.«

Ich weiß nicht genau, wie es dazu kommen konnte, was mich bewogen hatte, es war womöglich eher eine Art Reflex, vielleicht hatte sich ein Druckventil des lange Aufgestauten gelockert, jedenfalls war mir erst bewusst, dass ich eine gewichtige Handlung vollzogen, nämlich eine Telefonnummer gewählt hatte, als es am anderen Ende der Leitung knackte und eine souveräne Stimme bekanntgab: »Bolizeiinschbegdsion Stadt. Was gibt's?«

Da saß ich nun, in meinen Bärenpantoffeln, auf der Schaukel und mit dem Wein in der Hand und sprach.

»Ich bin …«, und mir war plötzlich bewusst, dass es nun, wenn ich es erstmals aussprechen würde, kein Zurück mehr gäbe, dass ich mir selbst einen unabwischbaren Stempel aufdrücken würde, offensichtlich für alle, für den Rest meines Lebens, dass ich mich hier und jetzt beugen, eine Tür schließen und eine andere aufstoßen würde, mich abkapseln von dem, an das ich einmal geglaubt habe, mich dem Anderen anschließen, gegen das ich selbst jahre-, ja über ein Jahrzehnt lang rebelliert habe, dass ich mich nun unweigerlich ändern würde müssen, ändern werde, durch das simple Aussprechen der fünf Worte, die jeder in seinem Leben früher oder später sprechen muss. *Aber muss es so früh sein?*, dachte ich. Womöglich muss es das.

»Ich bin …«

»Ja, sagn Sie doch was!«

»Ich bin …«

Und während unter mir auf der Straße ein Gelber Sack hin und her geworfen wurde, aus dem nach und nach Ravioli- und Suppendosen auf die Straße klapperten, begleitet von Gassenhauern, die ich mich erinnerte, schon selbst skandiert zu haben, weit vor der Volljährigkeit und weit nach der Zwei-Promill-Hürde, schluckte ich so laut, wie ich noch nie zuvor geschluckt habe, räumte so meine Kehle frei für die Worte, die nun folgen mussten.

»Ich bin ein besorgter Anwohner.«

Und auch wenn der Nachtdienst-Beamte dieser meiner Aussage keine größere Bedeutung zumaß, ja nicht einmal Personenbeschreibungen anforderte, sondern kurz nach meiner Schilderung der Vandalismen auf der Straße mit einem »Wir kümmern uns drum, wenn wir Zeit ham« das Gespräch beendete, fühlte ich mich doch augenblicklich anders, beschämt, erhaben, eine eigenartige Mischung. Ich vergrub meinen Kopf in den Händen und schaukelte so lange apathisch weiter, bis das Tageslicht durch meine Finger drang.

»Was habe ich getan?«, sagte ich laut zu mir, mit einem Blick auf die von Blech und Plastik bedeckte Straße, kein Polizeiaufgebot war erschienen. Ich ging nach drinnen und schlief für mindestens zehn Stunden.

Als ich wieder aufwachte, sah ich völlig klar. Ich war jetzt Teil der großen, vernünftigen, staatstreuen und -gläubigen Masse.

»Ich bin …«, sagte ich im Spiegel zu mir selbst, mit einem stolzen Ausdruck im Gesicht, »Ich bin jetzt bürgerlich.«

Ich ging nach draußen, beschimpfte einen Radfahrer, der auf der falschen Seite fuhr, wies eine Politesse auf eine abgelaufene Parkscheibe hin und blieb schließlich vor einer knapp bekleideten Jugendlichen stehen, die sich die Frechheiten erlaubte, erstens in ihrem Alter zu rauchen und zweitens ungefragt und ungehemmt auf offener Straße zu lachen.

»Häkhämmm«, machte ich und lenkte ihre Aufmerksamkeit so auf mich. Sie lachte und strahlte mich unverschämt an und ich sagte: »Wenn du so rumläufst, brauchst du dich nicht wundern, wenn dich einer vergewaltigt.«

Auf ihre Widerworte reagierte ich, wie man es von meiner Art Mensch gewohnt ist und führte die Diskussion mit einem »Vorsicht, Mädchen, ich ruf gleich die Polizei!« zu Ende.

Wenn man sich einmal überwunden und es getan hat, fallen einem die vielen weiteren Male ganz leicht, dachte ich, das ist wie mit dem Urinieren ins Küchenwaschbecken.

Ich ging weiter, setzte mich in ein Straßencafé und beschwerte mich sofort lautstark, dass ich nicht bedient werde.

»Wird aber auch Zeit«, sagte ich zu laut, als das junge Ding von Bedienung nach einer Minute endlich ankam. Ich bestellte ein Kännchen entkoffeinierten Kaffee und gab ihr den Rat, sie solle sich weniger schminken, wenn man sie nicht für eine Bordsteinschwalbe halten soll. Kaum war sie wieder verschwunden, lehnte ich mich zu meinem Nebentisch hinüber, an dem zwei Studenten in ihre Smartphones blickten und teilte ihnen mit, dass man früher noch MITEINANDER geredet habe, wenn man sich gegenüber saß. Der

Mutter an einem anderen Tisch erklärte ich, dass eine ordentliche Ohrfeige noch keinem Kind geschadet habe. Die restliche Wartezeit verbrachte ich damit, heftig den Kopf zu schütteln und weit vernehmbar Reizworte wie »Internet« und »Studenten« auszustoßen. »STU-DEN-TEN!«

Nachdem ich später gegangen war, ohne der Bedienungsschlampe Trinkgeld gegeben zu haben, vollführte ich in Rekordzeit die weiteren nötigen Initiationsriten in die gut bürgerliche Gesellschaft: Ich kaufte mir eine BILD-Zeitung, eine Jack-Wolfskin-Jacke und ging zu meinem Hausarzt, weil ich mir Sorgen um meinen Blutdruck machte.

»Muss man heute wieder ne Ewigkeit warten?«, bellte ich zur Begrüßung, als ich im Wartezimmer Platz nahm.

Alle nickten und wirkten dabei aggressiv.

»Ärzte verdienen einfach zu viel«, sagte ich.

Alle nickten und wirkten dabei aggressiver.

Für weitere zehn Minuten wechselten wir verschwörerische Blicke untereinander, schüttelten die Köpfe und kochten innerlich, weil ein Kind eingetroffen war, das Kaugummi kaute, unbelastete Fröhlichkeit ausströmte und dann auch noch glockenhell zu singen begann, ohne dass es umgehend von seiner unfähigen Mutter zurechtgewiesen worden wäre.

Irgendwann hielt ich es nicht mehr aus, an mich zu halten, und, es war wie ein Wunder, zeitgleich sprachen auch zwei andere meine Gedanken laut aus.

Im Chor tönte es, tönte meine neue Lebenshymne: »Man sollte die Polizei rufen!«

Ich war angekommen.

Die etwas andere Kneipe

Ich habe mir einen Spucknapf gekauft. Ich sehe keine andere Möglichkeit mehr, meiner neu erworbenen Verachtung für alles Extraordinäre Ausdruck zu verleihen. Ich spucke den ganzen Tag lang vor mich hin. Zumindest in meiner eigenen Wohnung, die ich mittlerweile gewechselt habe (solide, ruhige Nachbarschaft, der Pflegedienst und Essen auf Rädern kommen oft in der Anlage vorbei), fand ich die Rückstände irgendwann ein bisschen eklig. Bevor ich mich also auch noch über mich selbst aufregen muss, weil ich mir den Wohnraum einsaue wie ein verkommener Hippie auf LSD-Pilzen, musste der Spucknapf her. Jetzt ist wieder alles im Reinen, alles hat seine Ordnung. So gehört sich das. Wenn ich wegen irgendeiner Nichtigkeit, einer Aussage eines Prominenten im Fernsehen oder einem Gedanken von mir die Nerven verliere, gehe ich einfach zum Spucknapf und schon ist der innere Druck ein bisschen gelindert.

Ich habe mir, seit ich über Nacht bürgerlich wurde, einige neue Hobbys zugelegt: Ich beobachte Leute mit einem Fernglas beim Herumlaufen und mache mir Notizen über sie. Ich teile der Polizei regelmäßig mit, wen ich für einen Terroristen halte und wen für einfach nur gemeingefährlich und wegsperrungswürdig. Mittlerweile werde ich schon am Anfang der Telefonate an meinem schweren Schnaufen erkannt und muss nicht mal mehr meinen Namen nennen. Außerdem lese ich gerne Todesanzeigen und die Rubrik »Vermischtes« in der Zeitung. Da findet sich immer ein Grund, um erhöhten Puls zu bekommen. Bei der täglichen, intensiven Inspektion des Lokalteils fällt mir eine Anzeige zur Neueröffnung einer Kneipe auf, die durch ihre widerliche, erfrischende Farbgebung und ihr ausgereiftes Layout aus all den anderen heraussticht. »Halten sich wohl für was Besseres«, sage ich laut zu mir selbst, »Comic Sans hätte es als Schriftart durchaus auch getan. SNOBS!« Ich gehe einige Male den Spucknapf bedienen und entscheide mich daraufhin, die neue Gastronomiestätte persönlich aufzusuchen, um mein Bild abrunden zu können. Ich treffe dafür einige Vorbereitungen, die mir später nützlich sein werden und verlasse meine Wohnanlage.

Auf dem Weg baue ich mich spontan vor einem Hundeinhaber samt Hund auf und verlange, die vorschriftsmäßig mitzuführende Plastiktüte gezeigt zu bekommen, in der er die Exkremente seiner dreckigen Töle mit nach Hause nehmen muss.

Als er sie mit einem Zwinkern aus seiner Manteltasche zieht, samt Inhalt, lasse ich ihn weitergehen, nicht ohne ihm hinterherzurufen: »Immer schön sauber bleiben, Bürschchen.«

Einem hilflos scheinenden Fahranfänger assistiere ich danach beim rückwärts-seitwärts Einparken. NOT! Ich stelle mich daneben, genieße seine Unbeholfenheit, mache auf meinem Notizblock einen Strich für jeden seiner Ansätze und zücke schließlich mein Fernglas, um den Schweißfluss auf seiner Stirn besser verfolgen zu können. Als er es endlich geschafft hat, das hintere Auto zu rammen, rufe ich umgehend die Polizei.

Schließlich stehe ich vor dem neu eröffneten Laden und studiere interessiert die Plakate, die in den Schaufenstern die Neueröffnung anzeigen. »Die etwas andere Kneipe« steht darauf.

»Aha!«, sage ich in meiner neuen, exaltierten Art laut zu mir selbst, so dass alle Passanten es bei Interesse mithören können und ihnen eine Gelegenheit gegeben ist, sich mit mir zu solidarisieren. Ich spreche außerdem neuerdings gerne ohne konkreten Anlass im Plural. »Aha! Was haben wir wohl unter der Formulierung *etwas anders* zu verstehen? Befinden sich in den Schälchen auf den Tischen statt Erdnussflips vielleicht kleine, zitternde Mäusebabys mit noch fast durchsichtigen, adrigen Körpern? Das würde die Umschreibung *etwas anders* durchaus rechtfertigen. Vielleicht besteht auch jeder Tisch aus einer eigenen Theke zum Selberzapfen und die Bedienung sitzt mittendrin nackt auf dem Boden und isst den ganzen Abend lang fortwährend Schweinebraten. Das wäre wirklich mal etwas Anderes. Dann wollen wir uns das mal anschauen!«

Ich spucke ausgiebig auf die Straße und gehe schwer atmend hinein. Die etwas andere Kneipe sieht überraschenderweise so aus wie jede andere Kneipe auch.

»Bekomme ich hier vielleicht mal einen Tisch?«, frage ich in den Raum, nachdem sich für fünf Sekunden nicht um mich gekümmert wurde. Schon steht eine Service-Kraft neben mir und reicht mir ein Glas Sekt, zur Neueröffnung. Ich leere es in einem Zug und gebe es ihr ohne Dank zurück. »Was ist jetzt mit meinem Tisch?«, frage ich.

»Erwarten Sie noch eine Begleitung? Oder einen Tisch für einen?«, fragt sie.

»Wollen Sie mich provozieren?«, frage ich zurück. »Die Tischdecken sehen aus wie Vorhänge«, füge ich hinzu.

»Das sind Vorhänge«, sagt sie unverschämt erheitert und gibt mir einen Tisch für zwei, Tische für eine Person gibt es nicht, großer Minuspunkt.

Als eine andere Service-Kraft erscheint und meine Bestellung aufnimmt, ein Herrengedeck, kann ich es mir nicht verkneifen, zu fragen: »Sagen Sie mal: Was ist hier denn eigentlich so anders als in anderen Kneipen?«

»Äääh, na ja, die Ausstattung ist halt hip. Und sonst eigentlich nichts.«

»Und warum schreiben Sie es dann auf die Plakate und in Ihre Anzeigen?«

»Wir sind halt schon so ein bisschen, äh, lockerer drauf als die anderen.«

»Aha«, sage ich und erhöhe mich wieder auf Raumlautstärke. »Aha! Deshalb sind *die anderen* bestimmt sehr neidisch auf Sie. Weil die alle so unlocker sind, nicht?«

Sie sieht sich um und scheint nach einer Fluchtmöglichkeit Ausschau zu halten.

»HABEN SIE ÜBERHAUPT EINE VORSTELLUNG«, frage ich, »wie viele Einrichtungen sich den Impetus der Nonkonformität überstreifen, sich als *etwas anders* verkaufen? Einrichtungen, die nicht mal von Behinderten, Schwulen oder Zwergen betrieben werden, die ein natürliches Recht auf diese Umschreibung haben?«

»Äääh, hundert vielleicht?«, schlägt sie nach einer ernsthaften Nachdenkpause vor.

»Ich habe das zu Hause mal gegoogelt«, erwidere ich, »in Anführungszeichen, Sie verstehen? *Die etwas andere, der etwas andere, das etwas andere.* Was glauben Sie, und Sie wissen, hoffe ich, dass in unserem Land etwa zweiundachtzig Millionen Menschen leben, wie viele von denen sich als *etwas anders* verkaufen? Na? Ich sag's Ihnen. FÜNFZIG MILLIONEN! Ich habe Ihnen hier mal die ersten vierzig Seiten ausgedruckt, das können wir gerne mal gemeinsam durchgehen, schauen Sie gefälligst her!

Das etwas andere Osterei, die etwas andere Wellness-Oase, das etwas andere Nähbuch, der etwas andere Flohmarkt, die etwas andere Versicherung, der etwas andere Koch, die etwas andere Familientherapie, das etwas andere Kartenspiel, die etwas andere Kneipe. Es gibt allein ZWEIHUNDERTACHTZEHNTAUSEND Ergebnisse für *Die etwas andere Kneipe*.

Wir können auch gerne mal in die Tiefe gehen, hier, sehen Sie, *Der etwas andere Chor*. Der Chor Tuttlingen studiert nämlich Arrangements aus den Bereichen Jazz, Latin und, aufgepasst, POP ein. Ist das nicht total verrückt? Ist das nicht vollkommen *ANDERS*?«

Nachdem ich mich etwas beruhigt habe, sehe ich nach oben und bemerke, dass neben der Bedienung nun auch der Geschäftsführer steht. »Würden Sie bitte gehen? Das Herrengedeck geht auf's Haus«, sagt er.

Ich stehe auf, entgegne ihm gar nichts und gehe mit ruhigen Bewegungen nach draußen.

Zu Hause angekommen, entleere ich meinen Spucknapf. Dabei spucke ich!

Am Strand

»Pascal! Pascal, das macht man aber nicht! Entschuldige dich bei dem Mann!«

Pascal steht da und lacht und schüttelt den Kopf. Ich habe Pascals Erdbeereiskugel im Gesicht. Das kam nicht zufällig, er hat mich damit beworfen.

»Sag Sorry, Pascal!«

Pascal weigert sich weiterhin, sich bei mir zu entschuldigen. Stattdessen zielt er jetzt mit Schokoeis auf mich.

»Pascal, nein!«, ruft Mutti halbherzig.

Pascal wirft.

»Pascal, jetzt entschuldigst du dich aber bei dem Mann! Los!«

Pascal will nicht.

»Na ja, er will halt nicht«, sagt Mutti zu mir, während ich mir die Schokosoße aus den Augen wische und Pascal ihr ans Schienbein tritt. »Was will man machen?«

»Na ja, Sie könnten ihm vielleicht irgendwas wegnehmen oder ihn bestrafen, hm?«, schlage ich vor.

Nein, so was mache sie nicht, sagt sie. Sie möchte seine Entfaltung nicht einschränken. Er soll tun, wonach ihm ist.

Ich stelle mir Pascal in zwölf Jahren auf der Anklagebank des Jugendgerichts vor, nachdem er Lust hatte, in der U-Bahn laut Musik zu hören und danach einen ihn ermahnenden Rentner totzuprügeln. Mutti im Zeugenstand sagt aus, dass er immer ein guter Junge gewesen sei.

Mit einem Mindestmaß an Züchtigung wäre das zu verhindern, teile ich ihr mit. Bei Hunden klappt das immerhin auch. Sie tun was Böses, werden gehauen, tun wieder was Böses, werden stärker gehauen und lassen das Böse bleiben. Das nennt man Konditionierung und, sind wir ehrlich, so riesig ist der Unterschied zwischen Hunden und kleinen Kindern nun wirklich nicht. Die wollen spielen, rennen und belohnt werden, zu mehr sind sie nicht fähig. Das Hauen kann man auch wunderbar durch den harten Entzug von Spielekonsolen ersetzen, das klappt sogar noch besser. Aber was will man machen? Man kann ihnen natürlich noch ein Eis kaufen als Belohnung dafür, dass sie ihr erstes auf den fremden Mann auf der Nachbarliege geworfen haben.

Ich bemerke im Augenwinkel, wie Pascal mit einem neuen Pistazieneis heranwatschelt. Mutti streichelt ihm den Kopf.

Fehlgeleitete Erziehung und Kuschelpädagogik haben eine lange Tradition. Man muss nur mal an seine Teilnahme bei den Bundesjugendspielen zurückdenken, wo jeder Depp, der weiter als einen Meter hüpfen konnte, eine Siegerurkunde bekommen hat. Abgesehen von Sandra vielleicht, deren Rekord bei drei Versuchen mit dem Wurfball minus ein Meter war. Trotzdem durfte sie aufs Gruppenfoto und wenn man nicht genau hinschaut, fällt nicht auf, dass auf dem Zettel, den sie in der Hand hält, nicht »Siegerurkunde« steht, sondern »Kelly Family Forever«.

Danach hat sie zu Hause wahrscheinlich noch einen Schokokuchen von Mutti bekommen, als Belohnung dafür, dass sie die Mühe auf sich genommen hat, sich Turnschuhe und eine zu enge Sporthose anzuziehen.

»Toll hast du das gemacht, Mensch, und nicht mal geweint hast du, klasse.«

Wenn das mal kein Grund ist, sich mit rotem Edding ins Goldene Buch der Stadt eintragen zu dürfen! Sandra musste übrigens kürzlich mit dem Kran aus ihrer Wohnung gehoben werden, wo sie erst zehn Jahre lang in sich hineinfressend im Bett gelegen hat und dann zehn Wochen lang verwest ist. Da sieht man, wo Verhätschelung letztendlich hinführt.

Pascal hat sich derweil die Zeit damit vertrieben, durch eine heimtückisch aufgespannte Fallleine einen sehr bleichen und sehr pickeligen Mann zu Fall zu bringen. Der Mann versucht sich den Sand abzuklopfen, die extradicke Sonnencremeschicht macht es ihm schwer, an der Stirn blutet er ein bisschen. Pascals Mutter belehrt ihn, dass man schon aufpassen müsse, wohin man laufe.

Vielleicht sollte man die Gesellschaft vor Kindern im Allgemeinen besser schützen. Man könnte sie alle zusammen auf eine einsame Insel verfrachten und sich selbst überlassen, bis sie entweder Bartwuchs oder ihre Periode bekommen haben. In »Herr der Fliegen« hat das doch ganz gut funktioniert, Australien und Grönland haben noch großzügig bemessene Freiflächen.

Bis dieses notwendige Umdenken aber auf breite Akzeptanz stößt, muss man sich leider der täglichen Konfrontation aussetzen. Manche Berufsgruppen sind davon besonders betroffen.

Wenn ich Schulbusfahrer wäre, könnte ich für nichts garantieren. Ich stelle mir vor, wie ich mit meinem leeren Bus anfahre, in meditativer Ruhe, den regionalen Schlagersender aufgedreht, der mir ein Fest der Liebe und des Frohsinns vorsingt, ein Karamellbonbon im Mund, das ich im Rhythmus mitkaue. Schön. Plötzlich kommt die Haltestelle in Sicht, wo sich verzogene Kleinmenschen anspucken, die

Hosen herunterziehen und sich des gegenseitigen Verliebens bezichtigen. Sobald sie den Bus heranrollen sehen, horten sie sich am äußersten Rand der Bushaltestelle zusammen, rammen sich ihre Schulranzen und Trolleys in Bäuche und Beine, schubsen, kratzen und stoßen sich um die besten Einstiegsplätze. Die lärmende und vom Sportunterricht vor sich hin müffelnde Traube rückt für mich näher und ich werde mir gewiss, dass ich nun gleich der einzige unter fünfundneunzig Lebewesen im Bus sein werde, der seine Handyrechnung selbst zahlt oder schon mal das Wort »adäquat« benutzt hat. Ich kann nicht mit Bestimmtheit sagen, ob ich jahrelang darauf warten würde, bis mir einer der halbfertigen Menschen zufällig bei der Anfahrt vor den Bus fallen würde oder ob ich doch irgendwann früher, wie zufällig, das Lenkrad abrupt nach rechts verreißen würde. Mindestens ein U-Bahn-Rentner würde mir es danken.

Das alles teile ich Pascals Mutter mit. Sie reagiert einigermaßen entsetzt.

»Sie sind ja gemeingefährlich. Pervers ist das. Sie sollte man einsperren!«, sagt sie, während Pascal ihr mit einem Streichholz die Haare in Brand setzt.

Ich gehe schwimmen.

Hilfe zur Selbsthilfe

Als ich den armen alten Mann im Rollstuhl am Wegesrand stehen sah, mit seinem ungelenk bemalten Pappschild vor sich auf der Straße, auf dem geschrieben stand: »Ich bin alt und arm. Geben Sie mir bitte Geld!«, hatte ich das dringende Bedürfnis, ihm zu helfen.

Ich trat auf ihn zu, sah ihn aufmunternd an und sagte:

»Sie könnten wirklich mehr aus Ihrem Leid machen! Lernen Sie doch ein Instrument. Das Bettelmädchen da vorne zum Beispiel spielt sehr gut Blockflöte. Die verdient mehr als Sie.«

Dann ging ich weiter.

Nun hatte ich nicht damit gerechnet, dass er sich in Dankbarkeitstiraden ergeht, die empörten Kommentare einiger Passanten nahm ich auch billigend in Kauf. Dass aber der arme, alte, gelähmte Mann plötzlich aus seinem Rollstuhl aufsprang, mir hinterherrannte und mich auf offenem Gehsteig per Blutgrätsche umnietete, hat mich doch etwas überrascht.

Ab da nahm ich mir vor, wieder etwas netter zu meinen Mitmenschen zu sein. Ich zog aus der Wohnanlage aus und verstaute Fernglas und Spucknapf an einem sicheren Ort. Irgendwann werde ich beides wieder hervorholen und viel Freude damit haben. Bis es so weit ist, werde ich ein guter Mensch sein und fernsehen.

Diktatur des Quaders

Guten Abend meine Damen und –

Tellerwäscher zum Millionär. Die Homanns aus Mönchengladbach leben ihren amerikani –

Schädel-Hirn-Trauma und liegt seitdem im Koma. Seine Freundin Birgit will ihn nicht aufgeben und sitzt Tag und –

Nachrichten im Überblick: Paris Hilton ist angeblich noch Jungfrau. Das Party –

Luhmanns Systemtheorie? Oder wenigstens Bruchrechnen? Wir haben uns in der Kölner Fußgängerzone umgehört. Deutschland, deine dummen Schü –

Lesbisch und möchte ein Kind adoptieren. Dorfpfarrer Ludwig hat ihr daraufhin Gottesdienstverbot erteilt. Jetzt zieht die gläubige Powerfrau vor –

Gerichte, bei denen Sie nichts falsch machen können. Die Kochsendung für Einsteiger. Wir zeigen Ihnen, wie Sie die Nudeln in den Topf bekommen, und wieder –

Rau und unnahbar, so beschreiben ihn seine Nachbarn. Bei Dorffesten hat er mehr Bier getrunken als alle anderen, ein frühes Zeichen, das keiner ernst genom –

Mentalität der Menschen gefiel ihr und sie entwickelte sich zur rheinischen Frohnatur. Dazu die ehemals Depressive: »Als isch de Höhner zum ersten –

Maria, Hirnhautentzündung. Die Killerinsekten erwachen aus dem Winterschlaf. Können wir ihnen entkommen? Experten sagen: achtzig Prozent der Bevölkerung sind stichan –

Fällig war und die verschuldete Familie noch immer nicht zahlen konnte, setzte sie der kaltherzige Vermieter auf die Straße. Als Janina ihr erstes Kind bekam, war sie vier –

Zehnmal hast du mich betrogen, hier auf dem Schloss, mit deiner Schwester? Ich muss blind gewesen sein, Leonard. Lass mich jetzt allein! Ich möchte mir Bilder von unserer Hochzeit ansehen, dabei weinen und mich betrin –

Kennen Sie das? Sie machen einen Spaziergang und wissen dann nicht mehr, wo Sie wohnen. Immer mehr Menschen leiden als Alzhei –

Meerschweinchen geschenkt bekommen und war wieder glücklich. Das behinderte Kind hatte endlich wieder einen Freund. Sonst wollte keiner mit ihm –

Spielen Sie mit! Ein Wort mit drei Buchstaben, ohne Ypsilon. Wir haben schon zwanzig Falschantworten. Rufen Sie jetzt –

Jetzt –

Jetzt –

An!

Angeblich sitzt der durchschnittliche Deutsche drei Stunden täglich vor dem Fernseher. Hat mir jemand erzählt. Wollte ich nicht glauben. Deshalb habe ich in publizistischen Fachmedien nachgeschlagen und festgestellt: Stimmt gar nicht. Es ist noch mehr. Zweihundertachtundzwanzig Minuten. Knapp vier Stunden, jeden Tag.

Rechnet man das mal einfach hoch, so verbringt jeder Bundesbürger während seines langen, erfüllten Lebens fünfzehneinhalb Jahre vor dem Fernseher … wenn er hundert wird. Wird er nur zweiundachtzig, wie der Durchschnitt, dann sind es immerhin dreizehn. Dreizehn Jahre! So ne Zeitspanne erleben die wenigsten Katzen. Im Mittelalter war man grade aus der Pubertät raus und konnte sich noch auf dreizeh Jahre Lebenszeit freuen, ohne Rente. Dreizehn Jahre »Couching«, wie selbst die Kommunikationswissenschaftler neuerdings neudeutsch sagen. Dreizehn Jahre abhängen vor einem Gerät, das ununterbrochen plappert und keine Gegenargumente akzeptiert. Gut, manche Ehen verlaufen vielleicht ähnlich, vom Fernseher trennen sich aber die wenigsten. Dreizehn Jahre, das sind viertausendsiebenhundertneunundvierzig Tage. Die Zeit könnte man anderweitig so sinn – *voll sind, bis wa umfall'n, hör'n wa nich auf zu trinken«, sagt der Vorsitzende des Kegelclubs »Einer steht immer« über ihren alljährlichen Ausflug nach Mallorca. Hier lassen sich die Mittvierziger gehen und geben sich dem Schwach –*

sinnvoll nutzen. Was man da alles machen könnte, in dreizehn Jahren:

Man könnte ein Haus bauen. Einen Baum pflanzen. Ein Kind ... Nein, besser! Man könnte eine ganze Reihenhaussiedlung bauen. Einen tropischen Regenwald pflanzen. Eine Fußballmannschaft zeugen. Wer's gemütlicher mag eine Handballmannschaft, oder ein Poloteam, oder ein gemischtes Tennisdoppel, macht auch alles Arbeit – *slos und möchte die Chance nutzen, Superstar zu werden. Er tut das für seine Mutter, die nach seiner Aussage aus dem Himmel auf ihn herab schaut und stolz auf ihn ist. Unter den Lebenden aber glaubt k* – Eine andere Option wäre, mit dem Fernseher selbst irgendwas Sinnvolles anzustellen. Ihn zum dekorativen Beistelltischchen umfunktionieren beispielsweise, damit man behaupten kann, man habe gar keinen, wenn der nette Mann von der GEZ mal vorbeikommt. Wenn der dann auf das Gerät auf dem Boden hinweist, sagt man einfach: »Das ist der Hund!« Und dann mal gucken, wie der Typ schaut. Oder man geht öfter mal raus, in den Park, spazieren, Enten füttern, Bärlauch pflücken. Das ist neuerdings verboten, da gibt's den Kick noch gratis dazu. Den Kick, den man sonst hatte, wenn man nachts zu lange Sport1 geschaut hat und sich dabei so schön schmuddelig vorkam.

Man könnte auch endlich mal Dinge tun, für die man gar keine Zeit hatte während des jahrelangen passiven Dahinvegetierens. Dinge, die man eigentlich schon lange mal vorhatte, sich aber bisher nie getraut hat. Man könnte zum Beispiel mal einen Stock höher gehen, bei Frau Schmitz-Klunkel klingeln und sie fragen, ob sie ihre Stöckelschühchen wenigstens in ihren eigenen vier Wänden mal ausziehen könne, denn wenn sie da oben immer rumwuselt, weil sie ihre Schlüssel sucht oder sonst was, hört sich das durch die Decke an, als wäre ein tollwütiger Specht am Werk. Und außerdem könne sie ihren zahlreichen Männerbekanntschaften ausrichten, dass die nicht immer so poltern sollen auf der Holztreppe draußen, wenn sie nachts um eins zu ihr kommen. Bei der Gelegenheit könnte man auch gleich mal nachfragen, womit sie eigentlich ihre Brötchen verdiene, man hätte da nebenher noch eine Wette laufen, wolle ja nicht allzu indiskret sein, aber wenn es irgendwas mit käuflicher Liebe zu tun hätte, wäre man eben um einen Kasten Bier reicher.

Was man alles machen könnte! Alles so viel bedeutsamer und sinnvoller, als Abend für Abend stumpfsinnig bis apathisch einen prominent platzierten Plastikkasten anzustarren. Die Möglichkeiten sind unbegrenzt. Und was machen die meis –

Teenager außer Kontrolle. Heute in der Tageszusammenfassung: Steinigung im Steinkreis. Wie der vierzehnjährige Vergewaltiger und Junkie James sein Fett weg be –

Kamasutra. Wer unserer übergewichtigen Testpersonen bekommt die meisten Stellungen hin? Dem Sieger winkt ein All-you-can-eat- –

Gutshaus im 18. Jahrhundert. Magd Magda verliebt sich in die Herrschaft. Die Pferdeknechte sind darüber gar nicht –

Glücklicher Zufall hat sie damals zusammengeführt, doch dann haben sie sich aus den Augen verloren. Heute live in der Sendung, das Wieder –

Sehen Sie selbst die schockierenden –

Bildungsferne –

Schichtar –

Beine verlo –

Rennmäuse in –

Bananen –

Schalten Sie jetzt –

Jetzt –

Jetzt –

Ab!

Und Internet suckt auch

Im Anschluss an den eben zu Ende gegangenen Text – es ging um exzessiven Fernsehkonsum, falls Sie es nicht bemerkt haben sollten – hätte ich gerne das Internet an sich als positives Gegenbeispiel angeführt.

Beim Recherchieren habe ich mich aber in der Szene der professionellen YouTuber verloren, Leute, die wöchentlich ein neues Video einstellen und von YouTube an den Werbeeinnahmen beteiligt werden. Sie dürfen laut Vertrag nicht darüber reden, wie viel Geld sie pro Abonnent oder Klick erhalten, sagen aber alle, sie könnten wunderbar davon leben. Am Ende ihrer Videos betteln sie regelmäßig um Daumenhochs und Aboklicks und zwischendurch erzählen sie recht häufig, dass sie alle ihre Fans sehr liebten. So läuft das Geschäft. Sowieso verwenden sie das Wort »Liebe« etwas inflationär.

Trifft man einen von ihnen mal auf offener Straße, kann man sich sicher sein, dass ihn eine Traube ihn anhimmelnder Mädchen umschwirrt, die, jegliche Würde vergessend, danach betteln, einmal in ihrem Leben von ihm geretweetet zu werden oder vor lauter Aufgeregtheit den Mund gar nicht aufbringen und sich darauf beschränken, rot zu werden und mit ihren Händen Herzchen zu formen. Wer wünscht sich solche Groupies nicht?

Ich habe mir etwa zweihundertsiebzig Videos dieser hippen Internetstars angesehen, etwa ein Viertel des Gesagten inhaltlich überhaupt nicht begriffen (möglicherweise eine

Altersfrage) und möchte eigentlich auch gar nicht weiter drüber reden. Machen Sie sich doch selbst ein Bild, vielleicht kommen Sie auf den Geschmack. Um Sie zum Einstieg zu bewegen, habe ich ganz nüchtern ein mit »PRIVAT: WOHNUNGS TOUR!!!!« betiteltes Video eines der führenden deutschen YouTuber transkribiert, dessen Videoabrufzahl im oberen zweistelligen Millionenbereich liegt. Hier einige Auszüge:

1) »Meine Zahnbürste. Ich liebe sie. Absolut perfekt für Zähne.«
2) »Hier ist mein Schuhschrank. Ich bin absoluter Schuhfan. Ich weiß nicht, ich ziehe glaub ich jeden Tag andere Schuhe an. Demnächst mache ich ein Schuh-Collection-Video. Ich liebe Schuhe.«
3) »Das hab ich mir aus Frankreich gekauft. Das ist eine Haarmaske. Hat mir absolut nicht gefallen.«
4) »Hier ist meine Familie, auf dem Bild, ich werde jetzt nicht ranzoomen. Doch, ich werde es tun. Das sind meine Geschwister, ich liebe sie. Das sind meine Eltern, ich liebe sie auch.«
5) »Das ist ein Fluid für, ich weiß nicht, Poren minimieren. Ich liebe es.«
6) »Hier sind meine ganzen Accessoires, die ich immer wieder wechsle. Darauf komme ich noch in meinem Sommer-Trend-Sommer-Styling-Must-Have-Video zu sprechen.«
7) »Viele werden sagen: Warum zeigst du uns nicht deinen Kühlschrank? Hier ist also mein Kühlschrank. Fragt mich nicht, keine Ahnung, ich mach ihn jetzt einfach mal auf. Ich versuch halt immer wieder, genug Sachen da zu haben, die man essen kann. Hier: Gurken. Ich liebe Gurken.«

8) »Das hier ist mein durchsichtiges Schränkchen, das ist supergut, ich liebe es. Man sieht halt immer, was drin ist, ich liebe es.«
9) »Was ist hier? Was ist das? Kenne ich nicht.« *[Antwort: Ein Sicherungskasten.]*
10) »Das hier *[zeigt auf ein Deo]* findet noch in einem anderen Video Verwendung, zum Thema Schwitzen im Sommer und wie man es stoppen kann.«
11) »Natürlich hier neben dem Bett, ganz wichtig, Wasser, denn manchmal hat man Durst und man will was trinken.«
12) »Ich liebe es, Mangos kleinzuschneiden und in meinen Entsafter reinzutun.«

Humorleveldifferenz

Auf dem Polizeirevier.

Ich: »Mitte, ganz rechts.«

Er: »Kuck, da ist er ja, der Lümmel. Äääa! Dann suchen wir mal das D.«

Der Computer trat erst in seinem zwanzigsten Dienstjahr in sein Leben, in den folgenden fünfzehn wollte er sich nicht mehr die Mühe machen, sich näher mit ihm anzufreunden. Ich gebe seit einer halben Stunde meine Aussage ab, nebenbei bin ich Tipphilfe und nicht zuletzt Beschuldigter. Es liegt ein Humorlevelproblem vor.

Er: »Ich wiederhole nochmal: Sie standen also an besagtem Spielplatz herum.«

Ich: »Ja.«

Er: »Mit dem Ziel, angesprochen zu werden.«

Ich: »Richtig.«

Er: »Mit dem weiteren Ziel, einen Witz zu machen, die Reaktion auf Video aufzunehmen und auf YouTube zu stellen.«

Ich: »So ist es. Ich würde es aber nicht Witz nennen. Vielleicht eher, äh, Kunstaktion oder so. Oder schreiben Sie Satire, Gesellschaftssatire.«

Er: »So ein langes Wort …«

Ich: »Witz ist schon in Ordnung.«

Er: »Jetzt erklären Sie das nochmal. Ich hab's noch nicht verstanden. Also den Witz.«

Ich: »Ich stelle mich an Kinderspielplätze und beobachte die spielenden Kinder, bis ich von einer besorgten Mutter angesprochen und gefragt werde, was ich da mache. Dann sage ich: ich bin der stellvertretende Vorsitzende des Zentralrats der Pädophilen in Deutschland – und hier, um neue Mitglieder anzuwerben.«

Er: »Sind Sie denn überhaupt in diesem Verein?«

Ich: »Nein, den Verein gibt es gar nicht. Das ist der Witz, verstehen Sie?«

Er: »Finde ich nicht lustig.«

Ich: »Dann können Sie mir ja einen Daumenrunter auf YouTube geben. Das würde mich freuen.«

Er: »Ich kann Ihnen sogar direkt jetzt einen Daumenrunter geben. Mit meiner eigenen Hand. Sehen Sie?«

Ich: »Ja. Das freut mich auch.«

Er: »Brauchen Sie eigentlich noch ein Taschentuch? Ihres ist schon wieder ganz rot.«

Ich: »Das wäre nett, ja.«

Er: »Ist doch gut zu wissen, dass all die Mütter auf dem Spielplatz im gleichen Selbstverteidigungskurs waren. Irgendwie beruhigend.«

Ich: »Na ja.«

Kinder sind teuer genug

Im Café.

»Junge, du magst doch Wasser?«

»Lieber Cola.«

»Gutes, frisches, kaltes Wasser ...«

»Hmmnö.«

»Das ist doch lecker! Hach, Wasser!«

»Meinetwegen.«

»Fräulein, für mich bitte einen XXL-Cappuccino! Mit ordentlich Schokostreuseln. Bekommt man da vielleicht ein Glas Leitungswasser gratis dazu?«

»Selbstverständlich.«

»Dann bleibt es dabei.«

Das ist die Wahrheit

Vor meiner Reinkarnation als zwar vom Staate anerkannter, aber im Allgemeinen eher unbeachteter und verkannter Schriftsteller (ein Schicksal, das ich jedem nur wärmstens ans Herz legen kann, sollte man dazu aufgelegt sein, sich allnächtlich von nagenden Selbstzweifeln zerfressen in den Schlaf zu weinen), führte ich zu Mitte des vorangegangenen Jahrhunderts ein gänzlich anderes Leben.

Dies fand nicht nur auf einem anderen Kontinent, sondern auch in einem anderen Geschlecht statt, was nur logisch ist, denn wie es der Hinduismus lehrt, steigt man mit jeder Wiedergeburt eine Stufe höher. Ganz oben stand ich auch an betreffendem Tag, von dem ich berichten möchte:

Ich bildete die Spitze der Cheerleader-Pyramide in der Halbzeit eines sehr bedeutenden High-School-Football-Spiels im mittleren Westen der USA. Man schrieb das Jahr 1964 und obgleich die Prüderie dortzulande ähnlich ausgeprägt war, wie etwa im achtzehnten Jahrhundert oder im Jahr 2013, sah man doch keinen Widerspruch darin, einerseits den Erwerb von illegal gehandelten Busenblättchen zu kriminalisieren und mit einer Freiheitsstrafe von mindestens zwei Jahren zu ahnden, andererseits uns sechzehnjährige Jungdamen in knappen Röckchen und freibäuchig jeden zweiten Samstag einem mehrere hundert Menschen umfassenden Kleinstadtpublikum hüpfender- und dehnenderweise zu präsentieren. Ich wunk also den jubelnden Massen von der Pyramidenspitze aus blendaxlächelnd zu und sie freuten sich und kauften Hot Dogs und skandierten »USA! USA!«

Ich war ein beliebtes Mädchen, alle wollten meine Freundinnen sein oder wenigstens meine Unterschrift in ihrem Jahrbuch, damit sie damit angeben konnten. Wie es so ist mit beliebten Mädchen, waren natürlich auch die Jungs mir nicht abgeneigt. Obgleich mein Dad mir wiederholt damit gedroht hatte, nicht nur meinen potentiellen Liebhaber, sondern dazu auch mich zu erschießen, sollte ihm zugetragen werden, dass ich nur daran dächte, einem dahergelaufenen High-School-Boy meine Scham zu offenbaren, machte ich mir doch ein Hobby daraus, mich heimlich mit einigen solchen zu daten. Dann gingen wir Burger essen und Milchshakes trinken und in manch unbeobachtetem Moment durften auch die spitzen Lippen des Jungen meine Wange berühren.

Auch an diesem Samstag hatte ich also ein Date, und nicht nur irgendeines, denn wie es alter Väter Sitte und Naturgesetz ist, müssen irgendwann die Anführerin der Cheerleader-Truppe (Me, Myself & I) und der Quarterback der Football-Mannschaft zueinanderfinden.

Der Quarterback hieß Michael und hatte Koteletten fast bis auf die Schultern und schon einen Schnurrbart, was mich bei seinem bloßen Anblick zugegebenermaßen schon immer etwas wuschig machte.

Nach dem Spiel stiegen wir in seinen Cadillac und fuhren in den Wald. Er hatte vier Touchdowns getouchdownt und war dementsprechend gut drauf. Als wir auf einer Lichtung ankamen, in deren Mitte aber ein einzelner einsamer Baum stand, stellten wir uns in dessen Schatten, beziehungsweise gab es keinen Schatten, weil es mittlerweile dunkel geworden war. Michael sagte, er habe eine Überraschung für mich und ich quiekte vorfreudig wie ein naives, jungfräuliches Schulmädchen, was ich ja auch war. Vorher jedoch wollte er kurz im dunklen Wald austreten gehen und sagte, ich solle kurz auf ihn warten, er würde gleich wohlbehalten und lebend zurück sein.

Hätte es damals schon Smartphones gegeben, hätte ich während der Wartezeit meiner besten Freundin gesimst oder Doodle Jump gespielt, so blieb mir aber nichts anderes übrig, als aufgeregt an den Enden meiner Zöpfe zu drehen, wie es mein Hobby war. Dies tat ich für zehn Minuten, bis ich anfing, mir Sorgen um den Verbleib von Michael zu machen. Ich kurbelte das Fenster herunter und schrie, bei den ersten drei Malen noch spielerisch-verzückt, danach etwas angsterfüllt, seinen Namen in die Dunkelheit. Nichts tat sich. Doch. Plötzlich scharrte etwas auf dem Autodach. Ich geriet in blinde Panik und statt auszusteigen und nachzusehen, tat ich das einzig mir logisch erscheinende in dieser Situation. Ich sprang hinüber auf den Fahrersitz, drehte den noch steckenden Schlüssel und fuhr davon.

Dass sich mittlerweile ein Seil an der Anhängerkupplung des Wagens befand, das nach oben führte, über einem starken Ast des einsamen Baumes lag, wieder herunterreichte und an seinem Ende mit Michaels Hals verbunden war, dessen Füße das Scharren auf dem Autodach fabriziert hatten, hatte ich schließlich nicht ahnen können. Im Rückspiegel sah ich, durch die Rückbeleuchtung des Wagens in Rot getaucht, wie ich Michael gerade zu Tode strangulierte. Ich bremste kurz, ließ mich wieder von der Panik ergreifen und fuhr davon.

Nach einigen Meilen riss das Seil und nach einigen weiteren kam eine Tankstelle in Sicht. Ich hielt an und erzählte dem Tankwart, der auffallend oft blinzelte, von meinem Missgeschick. Ich fragte, ob ich das Telefon benutzen dürfe. Gleichmütig schob er mir den Apparat entgegen. Ich wählte die Nummer meiner besten Freundin Sabrina, die gerade noch in ihrer Cheerleader-Uniform auf ihrem Bett lag und an ihren Zöpfen drehte. Nach fünfmaligem Klingeln hob sie ab und ich erzählte ihr aufgeregt, was sich ereignet hatte. Sie sagte: »that's cool«, legte auf und rief sogleich einige andere Freundinnen an, denen sie erzählte, was ihrer besten Freundin passiert sei. Die anderen Freundinnen riefen viele weitere Freundinnen an und erzählten ihnen, was einer Freundin ihrer Freundin passiert sei, und die vielen weiteren Freundinnen riefen viele, viele weitere weitere …

Unterdessen hatte ich mich wieder in den Wagen gesetzt und war davongefahren. Nicht ohne bemerkt zu haben, dass der Tankwart mir hinterher sprang und warnende Gesten vollführte. Da ich Angst vor ihm hatte, tat ich das einzig Richtige und trat heftig aufs Gaspedal. Mehrere Autos tauchten hinter mir auf und ließen ihre Lichthupe aufleuchten, was ich als Belästigung empfand und noch schneller und ihnen allen davonfuhr. Einer schaffte es dennoch, mich zu überholen. Als wir auf gleicher Höhe waren, sah der Fahrer zu mir herüber und deutete mit weit aufgerissenen, schreckhaften Augen in Richtung meines Rücksitzes. *Ha, denkste, jetzt soll ich mich umdrehen oder was,* dachte ich und ließ ihn davonfahren. Etwas später hielt ich an, um ein kleines Geschäft am Straßenrand zu verrichten, von dem, wie ich erfreut feststellte, kaum ein Tropfen in meinem Höschen landete. Das ist eine große Leistung für eine Frau, ich war regelrecht stolz auf mich.

Als ich wieder in Michaels Cadillac einstieg, fiel mein Blick zufälligerweise auf den Rücksitz, wo ich eine blutverschmierte Axt sah. Nun ja, dachte ich, vielleicht ist Michaels Dad Metzger. Oder Darsteller in einem Mittelalterspektakel, in dem er den Henker mimt. Ich setzte die Fahrt fort. Schließlich wollte ich bald zu Hause sein, um mich in den Armen meiner Mum auszuweinen. Ich und meine Mum waren die besten Freundinnen. Schon als ich vierzehn war, führten wir das obligatorische Girl-you'll-be-a-woman-soon-Gespräch und seither aßen wir allabendlich Marshmallows zusammen und berichteten uns schamhaft über unsere Perioden.

Als ich aber zu Hause ankam, war das komplette Haus unbeleuchtet und niemand schien da zu sein. Nur mein geliebter Hund Rover begrüßte mich kläffend und schwanzwedelnd. Da ich mich von den Strapazen des vorangegangenen Dates ablenken wollte und ja absolut keine Menschenseele im Haus war, dachte ich daran, mir einen kleinen Lustgewinn zu verschaffen. Ohne das Licht anzuknipsen, ging ich in die Küche und nahm die Leberwurst aus dem Kühlschrank. Wir waren nämlich einer der wenigen Haushalte, die in den 60er Jahren in den USA stets Leberwurst vorrätig hatten. Ich raffte meinen Slip unter dem Rock nach unten und bestrich meine Wädschaina reichlich mit der schmackhaften tierischen Streichpaste. Ich pfiff nach Rover, der nun bald heran eilen und mich sauber schlecken sollte, so wie wir es immer taten, wenn wir beide allein zu Hause waren. Und gerade heute, an meinem Geburtstag, hatte ich mir die Wohltat durch seine raue und geschickte Zunge doch mehr verdient denn je. Ich hing also in freudiger Erwartung auf dem Küchenstuhl als

PLÖTZLICH das Licht anging und ich bemerkte, dass etwa vierzig Verwandte und Schulfreunde um mich herum standen, die mehrere selbstgemalte Happy-Birthday-Plakate bei sich trugen. Nachdem sich der erste Schock gelegt hatte, gingen alle schleunigst nach Hause, um ihre Freunde anzurufen und ihnen mitzuteilen, was sie gerade erlebt hatten. Die Freunde riefen umgehend weitere Freunde an und so weiter und ich bekam zwanzig Jahre Hausarrest.

Als ich im Jahr 1984 wieder nach draußen durfte, fuhr ich mit meiner besten Freundin Sabrina in die Großstadt. Wir gingen in eine Disko und tanzten ausgelassen zu Culture Clubs aktuellem Number-One-Hit *Karma-Karma-Karma-Karma-Karma-Chameleon*, ließen unsere Dauerwellen im Stroboskoplicht des Dancefloors herumwirbeln, als ob es kein Morgen gäbe und kippten einen Kir Royal nach dem anderen in uns hinein, so lange, bis mir hinterhältig eine AIDS-Spritze in den Arm gerammt wurde und ich wenige Minuten später dadurch starb.

Ich weiß, dass Ihnen manches aus meiner vorherigen Lebensgeschichte vertraut vorkommen könnte. Vielleicht haben Sie einmal gehört, dass der Freundin einer Freundin genau das passiert sein soll. Und jetzt endlich wissen Sie: Das ist alles die Wahrheit.

Nicht weinen

Da kauert ein Mädchen auf dem Blumentrog vorm Kaufhaus und weint. Es weint fürchterlich. Es schluchzt und grunzt von ganz tief unten heraus und trieft oben aus der Nase. Um es herum stehen seine Freundinnen und streicheln und reiben Schultern und Beine.

Das Mädchen lässt sich auch von den acht Händen nicht beruhigen und kreischt, dass es mir in der Seele sticht.

Ich denke: »Die Mutter, es kann nur die Mutter sein. Böser Brustkrebs oder Autounfall.« Ich gehe hin und will helfen, irgendwie.

Nicht ganz angekommen, höre ich die tröstenden Worte der weisesten Freundin: »Hey, ist doch nicht so schlimm. Du hast schon so oft hier geklaut und bist das erste Mal erwischt worden. Und mit dreizehn bist du noch nicht strafmündig.«

Ein Lächeln huscht über das Gesicht des Mädchens.

Ich husche davon.

Vergötterung

Ich habe ein Problem. Ich habe meinen BahnComfort-Status verloren. Das heißt, ich darf nicht mehr eintrittsfrei in die insgesamt in Deutschland bestimmt zwölf DB-Lounges an Knotenpunktbahnhöfen, mich dort mit Zeitungen versorgen, die man angeblich nicht mitnehmen darf und Gratiskaffee und Tafelwasser trinken. Daher ist es meine momentane Beschäftigung, so viel wie möglich Zug zu fahren, um den Status wiederzuerlangen. Momentan fehlen mir noch hundertfünfzig Punkte, also hundertfünfzig Euro Fahrtgeld an die Deutsche Bahn, um wieder das volle Comfort-Programm erfahren zu dürfen. Morgen zum Beispiel fahre ich nach Sylt, und wieder zurück. Aus dem gleichen Grund bestieg ich vor ein paar Tagen einen ICE in Hannover, der mich nach Würzburg bringen sollte. Zwei Stunden Fahrt.

Ich war etwas übermüdet, da ich gerade erst im Nachtzug von Wien aus in Hannover angekommen war, und nicht wirklich darauf aus, mit irgendjemandem Konversation zu führen. Der allein sitzende Mann am Vierertisch erweckte auch nicht den Anschein, als wäre er sonderlich an etwas anderem als seiner Zeitung interessiert, also setzte ich mich ihm gegenüber. Kurz betrachtete ich ihn und stellte fest, dass er eine starke Ähnlichkeit zu Thorsten Schäfer-Gümbel aufwies. Wer nun nicht weiß, wie Thorsten Schäfer-Gümbel aussieht: Der sieht so aus, wie er heißt.

Dummerweise hatte ich meinen iPod samt EarPods (früher bekannt als Kopfhörer) vergessen. Nicht, dass ich unterwegs viel Musik hören würde, aber ich stecke mir die Kopfhörer üblicherweise einfach so in die Ohren, um nicht angesprochen zu werden. Und natürlich, um zu zeigen, was ich habe und mich gegenüber allen zurückgebliebenen Menschen mit schwarzem Kopfhörerkabel erhaben zu fühlen. Sie tun mir wirklich leid, um ehrlich zu sein.

Also griff ich, um bei mir bleiben zu können, zum bewährten Plan B und breitete Lesematerial vor mir aus, in das ich nie im Leben hineinlesen würde, das ich aber immer als Schutzschild mit mir führe. »Schweigen ist Gold« ist ein buddhistischer Lebensratgeber, daneben platzierte ich eine Biographie von Right Said Fred mit dem Titel »Don't talk just kiss«, wobei ich das »just kiss« mit dem Edding geschwärzt hatte. Ich legte die Bücher quer auf den Tisch, damit mein Gegenüber die Titel gut entziffern konnte, und schloss die Augen.

»Wohin fahren Sie denn?«, fragte es in die Schwärze meines Sichtfelds hinein. Ich reagierte nicht, weil die Frage potentiell jedem im Zug gelten konnte, grunzte kurz auf, damit man mich im Tiefschlaf wähnte und drehte den Kopf auf die andere Seite.

»Wohin fahren Sie denn?«, fragte es wieder, und diesmal bekam ich zeitgleich einen sanften Tritt ans Knie, der mich die Augen unbewusst öffnen ließ. Ich sah den Mann an und bemerkte erst jetzt seinen Priesterkragen und sein einnehmend gutmütiges Lächeln, das die Thorsten Schäfer-Gümbel-Züge irgendwie aus seinem Gesicht geschubst haben musste. Einem wohlwollenden Geistesmann kann man die Antwort auf eine Floskelfrage nicht verwehren, dachte ich, gab sie ihm und setzte nach mehrsekündigem Zögern hinzu: »Und wohin fahren Sie?«

Das war ein Fehler.

»Ja, wohin fährt man?«, fragte er. »Haben Sie einen Lebensentwurf?«

Ich parierte gekonnt: »Äääh?!«

Anscheinend musste diese meine Antwort, verbunden mit meinem Erscheinungsbild nach unruhigem, ständig unterbrochenem Zugschlaf, bei ihm den Eindruck erweckt haben, ich sei nicht besonders helle – und vor allem nicht besonders wehrfähig.

»Ich werde Ihnen etwas über Jesus erzählen«, sagte er, richtete seinen Blick aus dem Fenster und begann. »Jesus war ein guter Mann.«

Ich sah auf die Uhr, zehn nach neun, und schweifte gedanklich etwas ab.

Um zehn nach zehn waren wir bei: »Und dann gingen die Jünger nach Emmaus.« Er suchte zum ersten Mal seit Beginn der Erzählung den Augenkontakt und schien seine Einschätzung bestätigt zu finden, dass ich nie eine Schule von innen gesehen hatte.

»Sie gingen nach Emmaus, verstehen Sie? Damals ging man gerne zu Fuß. Oder nahm auch mal den Esel.«

Es folgten einige Ausführungen zur Industrialisierung, die um das Jahr 0 herum noch nicht sonderlich weit fortgeschritten war etc., etc., bis schließlich irgendwann der Satz fiel:

»Auch in dich wird der Heilige Geist noch einfahren. Ich werde für dich beten.«

Ein paar Sekunden später dachte ich, es wäre schon so weit. Da war er, der Heilige Geist, plötzlich in mich einfahrend. Aber es war nur ein Wadenkrampf. Zurück zu Jesus:

»Und dann stand er da und sagte: Erkennt ihr mich nicht? Ich bin der Gärtner. Der Gärtner bin ich. Ist das nicht unglaublich komisch?«

Nein, dachte ich, gab aber, wie es sich eingespielt hatte, keine Widerworte, sagte »Mmmmh« und sah draußen einige Weinberge vorbeifahren, die stark darauf hindeuteten, dass ich innerhalb der nächsten Minuten aussteigen musste.

»Das Gespräch mit Ihnen hat mich wirklich sehr gefreut«, sagte der Geistliche, als er mich aufstehen sah. Wir machten Handshake, er zwinkerte mir gutmenschlich-verschwörerisch zu und ich floh.

Als ich schneller als sonst die Treppe zum Bahnhofsgang genommen hatte und mich schon in Sicherheit wähnte, klatschte mir eine sehr große, breitschultrige Frau einen Wachtturm ins Gesicht und rief: »Jehova wird dich erretten!«

Lasst mich doch bitte einfach alle mit eurem Vergötterungsquatsch und euren Missionierungsversuchen in Ruhe, dachte ich und rannte Richtung Innenstadt davon. Ich hatte ein Ziel, an dem ich Zuflucht und Geborgenheit finden würde. Als ich endlich angekommen war, fühlte ich eine große Wärme in mir aufsteigen und ein Gefühl von purem Glück durchströmte mich: Ich war im Apple-Store angekommen und kaufte mir einen neuen iPod.

Der Herzensmann

Zapp.

»Ich bin das Fräulein Marion aus Essen, Medium für Schutzengelkontakte, Channeling in die geistige Welt und Kontaktvermittlung mit Verstorbenen. Meine Antennen sind für Sie geöffnet. Wenn Sie auf der Suche nach Ihrem Herzensmann sind, sage ich Ihnen, wann er kommt und wie er aussieht. Ich lese Ihre Chakren wie nichts Gutes! Ich bin hellsichtig, hellhörig, hellfühlig, ich setze alle meine Talente für Sie ein. Für sieben Euro die Minute haben sie eine Chance auf den Zufallsgenerator. Rufen Sie an! Treten Sie durch mich und meine Fähigkeiten mit der geistigen Welt in Kontakt.

Um Ihnen meine spirituellen Fähigkeiten zu beweisen, sage ich voraus, wer als Nächstes durchgestellt wird. Moment, ich suche meine innere Mitte, erhöhe meine geistige Frequenz. Aaaaah. Uuuuuh. Oooooh. Ich hab's! Der nächste Anrufer ist eine verzweifelte Frau in den mittleren Jahren, die ihren Herzensmann sucht, oder ihn behalten möchte. Jedenfalls geht es um den Herzensmann. Ich warte.«

Ring-ring.

Klack.

»Ich freue mich über deinen Anruf. Wen darf ich begrüßen?«

»Rüdiger.«

»Rüdiger … du bist ein Mann?«

»Ja.«

»Scheiße, hier rufen sonst nie Männer an. Rüdiger! Darf ich Rüdi sagen?«

»Nein.«

»Das wusste ich. Ich weiß alles, ich bin das Fräulein Marion aus Essen. Rüdiger, du kannst ganz offen sein. Bist du operiert? Warst du früher eine Frau?«

»Nein.«

»Rüdiger. Die geistige Welt ist gnädig. Ich glaube, ich hatte eine kleine Funkstörung in der kosmischen Verbindung. Jedenfalls, ich spüre bei dir ganz viel weibliche Energie. Rüdiger, du suchst deinen Herzensmann, stimmt's?«

»Nein, ich will mein Haus verkaufen.«

»Rüdiger, wir wissen beide, dass du auf der Suche nach deinem Herzensmann bist. Sonst hätte ich ja Unrecht gehabt. Und ich, das Fräulein Marion aus Essen, Medium für Schutzengelkontakte, Channeling in die geistige Welt, Kontaktvermittlung mit Verstorbenen, hellsichtig, hellhörig, hellfühlig, ich habe niemals Unrecht. Ich sehe alles. Ich habe '96 prophezeit, Diana werde in den Tunnel einfahren. Ich habe eine Trefferquote von hundertzwei Prozent. Also Rüdiger, es geht um deinen Herzensmann.«

»Ob ich mein Haus verkaufen soll.«

»Dein Herzensmann wird kommen, um die Weihnachtszeit, nein, warte, Ostern, in zwei Jahren. Die Schutzengel sagen, er ist etwas untersetzt.«

»Weil ich doch umziehen möchte.«

»Hat lichtes Haupthaar und trägt einen Schnurrbart, nein, buschige Augenbrauen.«

»Nach Fulda.«

»Jedenfalls bekomme ich deutlich die Haare rein in meine kosmischen Antennen. Ihr werdet glücklich werden, für lange Zeit. Das sagen die Schutzengel, ich bin nur das Medium, ich spreche für die geistige Welt. Rüdiger, nimm dein Schicksal an, es ist ein gutes. Ich freue mich für dich.«

»Die Immobilienpreise sind ja grade etwas hoch.«

»Ich wünsche dir alle Liebe, die das Universum zu bieten hat und als Schutzstein solltest du einen Amethyst tragen. Ich habe mich sehr über deinen Anruf gefreut.«

Klack.

»Wählen Sie sich schon mal ein für die nächste Beratungsrunde, ich erhöhe meine geistige Frequenz. Ich bin das Fräulein Marion aus Essen, Medium für Schutzengelkontakte, Channeling in die geistige Welt, Kontaktvermittlung mit Verstorbenen ...«

Zapp.

Undercut

Oftmals erweisen sich spontane Ideen als die besten überhaupt. Nicht unbedingt die beste Idee war es aber, bei einem Frisörbesuch der Schneiderin abrupt Einhalt zu gebieten und zu äußern: »Sieht so doch auch ganz gut aus. Lassen wir es dabei.«

Kurz darauf in der Sparkasse:

»Sagen Sie mal, das da auf Ihrem Kopf, ist das eine Art … Undercut?«, fragt mich der Bankbeamte hinter dem Schalter.

»Ich bin hier, um ein Festgeldkonto zu eröffnen«, antworte ich.

»Das ist eine hervorragende Idee. Wir bieten ganz, ganz starke Konditionen. 0,6 % bei fünf Jahren Festanlage. Ich würde Ihnen das liebend gerne geben, aber mit dieser Frisur sehe ich da keine Möglichkeit.«

»Bitte???«

»Sehen Sie, wenn ich Ihnen nun ein Konto gebe, dann erhalten Sie ein Kärtchen, da steht *Sparkasse* drauf. Sie fungieren sozusagen als Werbeträger. Und wenn Sie dann in Ihren Spelunken verkehren und dort Dosenbier trinken, Schafkopf spielen und Crack rauchen, und dann jemand sieht, dass Sie eine Sparkassenkarte haben, dann bekommen wir ein Image-Problem. Also machen Sie bitte kein weiteres Aufsehen und gehen Sie einfach wieder. Hinter Ihnen stehen normale Menschen, die ich gerne bedienen würde.«

Ich drehe mich um. Da steht eine alte Dame mit lila gefärbter Dauerwelle und einer Sonnenbrille, deren Ränder ihr bis zu den Mundwinkeln herunterreichen.

»Ich bekomme gute Rente«, keift sie. »Rumtreiber wie dich wollen wir hier nicht.«

Ich drehe mich wieder zum Schalterbeamten: »Ich würde gern Ihren Vorgesetzten sprechen.«

»Kein Problem. Der sitzt da drüben. Holger! Eine Beschwerde!«

Ich gehe rüber zu Holger. Er ist über seinen Schreibtisch gebeugt, hat einen Kuli in der Hand und bedeutet mir, ohne zu mir aufzusehen, mit dem freien Finger, still zu sein, bis er seine Arbeit beendet hat. Dann murmelt er: »Fränkisch für Hausflur: Ern«, trägt die Buchstaben in das Kreuzworträtsel ein, wirkt zufrieden und wendet sich mir zu.

»Sie wünschen?«

»Guten Tag, ich wollte ein Festgeldkonto eröffnen und …«

»Das ist eine fantastische Idee. Die Konditionen haben sich grade erst geändert. 0,425 % bei siebenjähriger Festanlage. Aber … drehen Sie mal den Kopf! … Aha! Nein, das geht nicht. Nicht mit diesem Haarschnitt. Sie scheinen mir ein bisschen asozial zu sein, was? Unter meinem Schreibtisch befindet sich ein Knopf, mit dem ich den Sicherheitsdienst rufen kann. Sie können es also auf die harte Tour haben oder Sie gehen einfach still und ohne hastige Bewegungen nach draußen. Sie haben die Wahl!«

»Ich würde gerne mit Ihrem Vorgesetzten sprechen«, sage ich.

»Kein Problem. Der Herr Direktor ist immer freitags im Haus. Genauer: An jedem letzten Freitag im Monat. Von neun bis halb elf. Ich sehe mal nach … im April wäre noch was frei.«

»Nehme ich«, sage ich, stehe auf und verlasse die Bank. Die Frau mit den lila Haaren zischt mir feindselig hinterher und schwingt ihre Handtasche nach mir. Sie verfehlt mich knapp.

Im April:

»Dann erzählen Sie mal«, sagt der Direktor, verschränkt die Hände hinter dem Kopf und lehnt sich weit in seinem Bürosessel zurück.

»Ich wollte ein Festgeldkonto eröffnen«, sage ich.

»Das sollten Sie auch tun. Derzeit bieten wir 0,05 % Zinsen bei einer zehnjährigen Festanlage. Da sagen Sie nichts mehr, was?«

»Doch. Ich will mich über Ihre Angestellten beschweren.«

»Die beiden sind längst entlassen. Haben mir sämtliche Kunden vergrault. Die waren irgendwie mit ihrem Privatleben unzufrieden, weil sie herausgefunden haben, dass Ihre Frauen ein Verhältnis haben. Miteinander! Und den Frust haben sie an der Kundschaft ausgelassen. Stellen Sie sich vor, sie haben sogar Peer Steinbrück mit dem Sicherheitsdienst raustragen lassen, als er ein Konto eröffnen wollte.«

»Na ja, Peer Steinbrück ...«

»Haben Sie auch wieder Recht. Der macht nur Ärger. Jedenfalls bitte ich Sie sehr um Verzeihung für das Verhalten meiner Mitarbeiter. Ist das eigentlich ein Undercut?«

»Ja. Haben Sie vielleicht was dagegen?«

»Nein, nein. Ich bin da tolerant. Meine Tochter hat die gleiche Frisur wie Sie. Wissen Sie, wie alt die ist? Neun! Denken Sie da mal drüber nach. Wollen Sie jetzt ein Festgeldkonto?«

»Zu 0,05 % bei zehn Jahren Festanlage?«

»Das hat sich eben geändert. Es sind jetzt Minus 0,05 %, Sie müssten also die Zinsen an uns zahlen. Immer noch das beste Angebot auf dem freien Geldmarkt. Deal?«

»Deal!«

Verramscht

Wissenschaftler haben herausgefunden, dass viele Menschen sich das Leben eines freischaffenden Künstlers sehr unbefangen und einfach vorstellen, gar von »glamourös« und »dekadent« war in der Studie die Rede. Aber es gibt neben all den Orgien in VIP-Bereichen und Hotel-Jacuzzis, den Geschenkkörben und neutralen Umschlägen von Mäzenen und den ausschweifenden Bädern in Selbstherrlichkeit auch weniger tolle und vorzeigbare Stunden. Echt. Nicht jedes Projekt gelingt mit einem lockeren Handstreich, zwischendurch ist härteste Disziplin und ein Übermaß an intellektuellem Aufwand erforderlich, der einem sämtliche Geistes- und Körperkräfte raubt. Wie es schon mein großes literarisches Vorbild Friederike Kempner anno 1903 auszudrücken versuchte:

Von der Decke bis zur Diele
Muß der Schweiß herunter rinnen
Willst gelangen du zum Ziele
Wohlverdienten Preis gewinnen

Dieses Stück hohe Lyrik klebt einlaminiert an der Türinnenseite meiner Finnischen Sauna.

Ebenda begann auch eine der schwärzesten Phasen meiner jungen Karriere.

Zu früher Morgenstund' schwitzte ich in den Tag hinein, goss reichlich auf und transpirierte freudig vor mich hin.

Durch das achtzig Zoll durchmessende Guckfenster in den Salon nahm ich – Wunder der Technik – wahr, wie mich mehr und mehr E-Mails in immer kürzeren Abständen erreichten. Sämtliche Geräte, die sie empfangen können, lagen nämlich auf dem Teetisch beisammen, plingten und leuchteten immer wieder auf, um eine neue Mitteilung zu signalisieren. Es schien etwas passiert zu sein. Meine Neugier war geweckt. Ich verließ die Schwitzkammer, kühlte mich kurz in der Eisgrotte ab, schwamm einige Runden im Pool, frottierte und föhnte mich trocken und kontrollierte dann die Post.

Schon die oberste Mail brachte mich dazu, für einen Moment erregt meine Augenbrauen zu wellen. Da stand, Pixel auf Pixel: »Ist ja super, dass dein Buch nur noch zwei Euros kostet!«

Ich dachte mir »WTF?!« und surfte hektisch hinüber zu Amazon, wo sich erschlagende Gewissheit einstellte: Ich war verramscht. Ich stand auf der 80 %-reduziert-Greifen-Sie-zu-Seite neben Titeln wie »Ich coach dich schlank«, »Isabel oder der Duft der Liebe« und einem Hörbuch von Tine Wittler.

Umgehend griff ich zum nächstliegenden Telefon und wählte mit unruhig zuckendem Zeigefinger die Nummer meines Verlegers.

Tuuut.

Ab hier kann ich nicht mehr für den vollen Wahrheitsgehalt garantieren, da ich ihn ja leider nur gehört -

Tuuut.

– und nicht gesehen habe, aber ich bin mir doch zu mindestens fünfundachtzig Prozent sicher und würde parallel auf Bibel und Grundgesetz schwören, dass es sich genau so zugetragen hat.

Tuuut.

Wie zu dieser Stunde üblich, trank mein Verleger gerade einen Cocktail aus Veuve Clicquot und Rinderblut, wühlte nebenher gelangweilt in einem Haufen Bargeld auf seinem Schreibtisch und steckte die Scheine, die ihm aus irgendeinem Grund unsympathisch erschienen, direkt in den Papierschredder.

Tuuut.

Nebenbei war er damit beschäftigt, online drei Patenschaften für afghanische Waisenkinder zu kündigen, was ihm so viel Freude bereitete, dass er laut ins Summen geriet und darüber das Telefonklingeln gar nicht wahrnehmen konnte. Er summte den Walkürenritt von Wagner.

Tuuut.

Als er sich die verschwitzte Stirn mit einem süßen Felix-Plüschhasen abwischte und diesen danach angewidert mit einem Handflammenwerfer in Brand setzte, sah er flüchtig meinen Namen auf dem Display und setzte zu einem diabolischen Lachen an.

Tuuut.

Das Lachen legte er nicht ab, als er, meinen Kontaktaufnahmeversuch ignorierend, in ein Bonbonglas voller putziger Marienkäfer griff. Eine Handvoll tat er in den Mörser und stampfte sie desinteressiert pulvrig. Er griff nach der Genfer Menschenrechtskonvention, einer Originalabschrift, angefertigt von einem kenianischen Mädchen mit Hungerbauch, rollte sie zusammen und zog sich das eiweißreiche, frische Käferpulver in die Nase.

Tuuut.

Er lachte wieder diabolisch und zählte spaßeshalber die Zeit, bis er dabei Luft holen musste. Vierzig Sekunden. Dann entschied er, abzuheben.

Klack.

»Ritterchen! Na, die Neuigkeit schon mitbekommen? HAHAHA!«

»Ja, hallo erst mal, Chef, also, äh, ich wollte nur mal fragen, wegen dem Buchpreis. Wieso genau …«

»Du bist verramscht, Junge! Verramscht! HAHAHA!«

»Aber vor einem halben Jahr hast du doch gesagt, ich sei dein bestes Pferd im Stall.«

»Korrekt. Und was macht man mit einem Pferd, wenn es lahmt?«

»Man streichelt es und ist lieb zu ihm und gibt ihm eine Karotte?«

»ERSCHIESSEN! Man erschießt das Pferd und bringt es zum Metzger. Hast du dir mal deinen Amazon-Verkaufsrang angesehen? Weit jenseits der oberen Zehntausend! Außerdem brauche ich Platz in meinen Lagerhallen. Für den Menschenhandel, den ich als Zusatzgeschäft betreibe. Ach ja, by the way: Dein Vertrag ist gekündigt, fristlos. Ich muss jetzt auflegen, der Gerber ist da. Lustige Geschichte. Habe aus Versehen einen Wurf flauschige Katzenbabys ertränkt, die machen sich sicher gut als Mantel. Schönen Tag noch!«

Tuut-Tuut-Tuut.

Nachdem er aufgelegt hatte, begrüßte er den Gerber mit inniger Umarmung, Griff in den Schritt und Zungenkuss. Keine zwei Minuten später trieben die beiden es wild auf einer Walflosse, die meinem Verleger als Teppich diente.

Ich hingegen saß da, hielt mich selbst im Arm und spürte, wie ich von einer großen Leere ergriffen wurde. Ich bemerkte, dass ich wieder zu schwitzen begann, vor allem aus den Augen.

Um Trost zu finden, steckte ich mir gedankenverloren handgefertigte Trüffelpralinees mit Blattgoldbezug in den

Mund. Ein Überbleibsel aus besseren Zeiten. Ich malte mir aus, wie es jetzt weitergehen würde für mich: Im Kaffeehaus, in das ich mich immer zum Schreiben setze, um von allen bewundert zu werden, wird die Bedienung bei der nächsten Milchkaffeebestellung sagen: »Ich habe von Ihrer Verramschung erfahren. Sie bekommen heute kein Streuselherz auf den Milchschaum. Und keinen Milchschaum!«

Wo soll das enden? Muss ich wieder ganz von vorne beginnen und mich an Schreibwettbewerben beteiligen, mit Themenvorgaben wie »Zukunft, ein Ort dieser Welt«, um auf fünfzig Euro Preisgeld und die Veröffentlichung in einer Anthologie mit einem halbtoten Baum auf dem Cover zu hoffen? Oder noch schlimmer: Tatsächlich einmal als Journalist arbeiten, wie es meine Ausbildung einmal vorsah? Über irgendwas anderes schreiben außer mich selbst, wahrheitsgemäß? Das wäre wirklich das größte vorstellbare Übel.

Das Telefon klingelte. Mein Herz blieb stehen. Sicher mein Verleger, der sich entschuldigen und mich wieder aufnehmen möchte, dachte ich. Wer sonst?

Ich nahm ab.

»Ritter.«

»Sohn!«

»Mutter?«

»Sohn!«

»Hast du wieder Computer-Probleme?«

»Du wirst es nicht glauben, ich habe mittlerweile einen Computer-Kurs auf der Volkshochschule belegt.«

»Glückwunsch!«

»Freu dich nicht zu früh! Ich bin eben locker und routiniert auf Amazon vorbeigesurft. Was muss ich da lesen? Du bist verramscht? Komm du mir nach Hause, Junge!«

»Aber Mutti, das kann doch jedem bedeutenden Schriftsteller mal passieren, dass ein Buch nicht so doll einschlägt.«

»Blabla. Außerdem soll ich dir von deinem Vater ausrichten, dass du endlich aus unserer Ferienwohnung ausziehen sollst, er will sie vermieten.«

»Aber, aber ... die Sauna ... der Pool ... ich habe mich so daran gewöhnt.«

»Unsere Blattgoldpralinees wirst du uns außerdem ersetzen!«

»Was? Wie? Woher ...«

»Ich habe Webcam SpyAgent Pro auf deinem Laptop installiert, als du das letzte Mal da warst. Du solltest dir übrigens eine Hose anziehen. Und vielleicht mal wieder ein bisschen Sport? Kein schöner Anblick, wirklich. Schicke mir einfach einen Tweet, wenn du ausziehst, ja? Du hast vierundzwanzig Stunden. Tschüssi!«

Irgendwie finde ich meinen Verleger doch ganz nett.

Wichtiger Nachsatz: *Mir wurde von mindestens zwei Seiten nachdrücklich nahegelegt, deutlich darauf hinzuweisen, dass diese Geschichte absolut keinen realen Bezug hat. Hat sie auch nicht. Tatsächlich entsprang sie einem fiebrigen Albtraum.*
Sowohl meine Eltern als auch alle Verleger aller Verlage, in denen ich meine Bücher veröffentliche, veröffentlicht habe und veröffentlichen werde (genauer: Unsichtbar Verlag, Buchverlag Peter Hellmund, Lektora Verlag, HEYNE Verlag) sind grundgute, liebenswerte Menschen, mit denen ich ab und an in den Urlaub fahre, gefahren bin oder fahren werde.
Niemand von ihnen unterhält sexuelle Verhältnisse zu Gerbern oder besitzt Walflossenteppiche.

Nicht noch ein Text!

Wieso sollte ich denn *noch* einen Text hier reinpacken? Was würde uns das auf unserem gemeinsamen Lebensweg bringen? Sind es nicht schon genug? Ist doch schon so vieles gesagt und geschrieben worden auf all den Seiten. So allgemein betrachtet, gibt es eh nichts komplett Neues mehr. Es gibt keinen Gedanken, der nicht schon einmal gedacht wurde. Alles schon da. Ich weigere mich, dem noch etwas hinzuzufügen. Das ist mein Recht als Staatsbürger. Nur weil das Recht auf freie Meinungsäußerung besteht, müssen ihm noch lange nicht alle nachkommen. Wohin es führt, wenn es manche doch unablässig tun, sieht man zum Beispiel an den fleißigen Kommentatoren auf Spiegel Online. Armes Deutschland!

Statt jetzt noch einen weiteren neuen Text zu schreiben, denke ich mir lieber:

Warum sollte ich mir die Mühe machen, wenn sich irgendein anderer auf der Welt schon vor mir mal die Mühe gemacht hat, weil ihm möglicherweise das genau Gleiche im Kopf herumgeschwirrt ist wie mir? Man muss nur lange genug suchen, dann findet man das exakt Passende für diese Stelle.

Wenn ich mir jetzt zum Beispiel dächte, mal angenommen, weit hergeholt: Ich hätte gern ein Foto von einem einzelnen Grashalm, auf dem ein Marienkäfer sitzt, drum herum ein paar andere Grashalme, die aber unscharf sind, weil der Fokus auf diesem einem Halm und dem wunderhübsch anzusehenden Käfer liegt, ja, das würde mich erfreuen, dann mache ich mir doch nicht die Mühe und besorge mir eine teure Kamera und lege mich so lange auf irgendeine Wiese, bis zufällig neben mir ein Marienkäfer Platz nimmt. Das wäre ja ziemlich bescheuert. Wie lange man da warten müsste, Stunden vielleicht, und dann muss man ja auch was trinken und essen und Pipi zwischendurch und eventuell dafür aufstehen und in genau dieser Austrittszeit könnte der Marienkäfer landen und man hätte ihn verpasst. Oder man müsste alles an Ort und Stelle erledigen. Aber dafür, genau da mein Geschäft zu verrichten, wo ich gerade zufällig sitze, habe ich später im Altersheim noch genug Zeit.

Weiteres Problem: Was auf so einem Grashalm außer Marienkäfern noch so landen kann:

- Hummeln
- sehr große Hummeln
- Spinnen
- sehr große Spinnen
- Abgase

Um nur mal eine Auswahl zu nennen. Das kann gefährlich werden.

Da sagt mir doch mein gesunder Menschenverstand: Wenn es wirklich keine Idee auf der Welt gibt, die nicht schon einmal gedacht wurde, dann wird es ja wohl irgendeinen Deppen gegeben haben, der sich irgendwann mal stundenlang auf die Lauer und eine Wiese gelegt hat, um abzuwarten, dass ein Marienkäfer vorbeifliegt und sich vor ihm auf einen Grashalm setzt. Muss man doch nur nach bildergoogeln.

Und natürlich gab es einen Deppen, der das gemacht hat, und natürlich gab es nicht nur einen. Es gibt fünftausendsiebenhundertzwanzig Bilder von Marienkäfern auf Grashalmen im Internet – wenn man auf Deutsch sucht. Sollte unter all denen vielleicht nicht der Richtige dabei sein, womöglich passt die Sonneneinstrahlung oder die Pünktchenanzahl nicht, um sich vollkommen zufrieden zu geben, dann muss man nur Englisch können – oder Google fragen, was Marienkäfer und Grashalm auf Englisch heißt. Es sei nur am Rande bemerkt, dass »Ladybeetle sitting on a balm of grass« auch ein ziemlich geiler Songtitel für zum Beispiel Lana Del Rey wäre.

Man sucht also auf Englisch und schon hat man vierhundertneunzigtausend Bilder von Marienkäfern auf Grashalmen vor sich und kann sie sich alle, wenn man möchte, drei Wochen lang am Stück anschauen – was zwar *sehr* bescheuert wäre, aber mit hoher Wahrscheinlichkeit hat schon mal irgendjemand vor einem genau das getan.

In diesem Sinne: Ich rate dazu, nun irgendein anderes, nahestehendes Buch zur Hand zu nehmen und die letzte Seite zu lesen. Das ist meistens das Beste von allem. Hier nicht. Auf Wiedersehen!

CHRISTIAN RITTER

DICHTER SCHLACHTEN

Mord beim Poetry Slam! Eine Jurorin wird am Morgen nach der Veranstaltung erdrosselt aufgefunden. Jungkommissar Björn und seine Kollegin Kim nehmen die Ermittlungen auf. Wollte da ein Slammer auch mal Richter spielen und wurde zum Henker? Nach einem weiteren Vorfall wird klar: Die jungen Ermittler haben es mit einem Serientäter zu tun, und irgendwie hängt die Sache mit den Texten eines gewissen Poeten zusammen. Um sich Durchblick zu verschaffen, tauchen Björn und Kim undercover in die Slam-Szene ein. Sie jagen ihren Hauptverdächtigen Mo Schimmer, Andy Krauß, Frau Line, Franz und Moritz Bienenbang durch die ganze Republik hinterher. Doch sie laufen Gefahr, sich zu sehr in die Slam-Szene zu integrieren und ihre eigentliche Aufgabe zu vernachlässigen. Wird vor ihren Augen weitergemordet?

Christian Ritter, Dichter schlachten
Taschenbuch | 196 s. | 9,99 €
ISBN: 978-3-942920-07-0 | Veröffentlichungsdatum: 01.03.2012

BIANCA STÜCKER

THE SPOOKY VERONA FREAK SHOW

Kurz vor dem großen Durchbruch fehlt der Spooky Verona Freak Show nur noch eines: der richtige Bassist – denn ohne Bassist kein Auftritt auf dem Millyways, dem wichtigsten Festival des Untergrunds.

Direkt nach der Bandgründung fangen die Probleme auch schon an: Im Proberaum riecht es nach Verwesung, der frisch angeheuerte Schlagzeuger Nico hat seine Hausschlappen, einen Sparkassenbeutel und seinen Hund, den kleinen Saalfeld, mitgebracht, nicht aber seine Sticks, und Vicky muss als Raummiete ständig ihren zehnjährigen Neffen Hauke betreuen, der sich hauptsächlich für Scharfrichter, Henker und das Übernatürliche interessiert.

Und die wechselnden Bassisten sind auch keine Glücksgriffe. Der einzige Lichtblick ist Cristian, der transsylvanische Trompeter. Leider ist ein Trompeter jedoch kein Bassist, und so geht die Suche weiter...

Bianca Stücker, The Spooky Verona Freak Show
Taschenbuch | 300 s. | 9,99 €
ISBN: 978-3-942920-17-9 | Veröffentlichungsdatum: 01.09.2012